Inhalt

Filibert Prekedevic, Professor für Konjunktur und Wachstumsbewegungen, hat nach dem Band „Das Weltgesetz vom Fortschritt" sein zweites großes Werk veröffentlicht. Dieses trägt nun den Titel „Das Weltgesetz vom Kostenfaktor".

Friedhalm, ein wendiger junger Mann, ist in die Zeit nach der Hochkonjunktur hineingeboren, als das Wirtschaftswachstum an sich zum ersten Mal in Frage gestellt wird. Im „Weltgesetz vom Kostenfaktor" findet er die Antwort auf seine Fragen. Er macht die Lehre des Professors zu seiner Sache und es dauert nicht lange, bis er dessen Lieblingsschüler wird.

Als späterer Absolvent eliminiert er in seiner Firma vor dem Hintergrund der Globalisierung unablässig menschliche Kostenfaktoren. Es gelingt ihm dabei, Karriere zu machen; so lange, bis er eines Tages selbst zum Kostenfaktor wird.

Nach einigen Abenteuern und herben Überraschungen begegnet er seinem alten Professor wieder. Der hat sich mittlerweile von seiner früheren Lehre losgesagt und arbeitet an seinem dritten Werk, dem „Weltgesetz vom Spirit", das dem menschlichen Geist und der Sozietät gewidmet ist.

Friedhalm kann die Kehrtwendung des Professors so gar nicht nachvollziehen und fühlt sich weiterhin der Lehre von der Minimierung des Kostenfaktors verpflichtet.

Wer aber muss den Preis für diesen Siegeszug bezahlen?

Dieter Ludwig

Der Siegeszug des Kostenfaktors

Impressum

Copyright by Dieter Ludwig 2014

Umschlagbild:
Gerhard Jakob Mikysek,
„Komp. 2009/12"

Herstellung und Verlag:
BoD - Books on Demand, Norderstedt
ISBN 9 783 735 786 715

Anfang, gemacht
Und voller Hintergedanken

Zum Ersten
Es musste sich in den 70er Jahren des vergangenen Jahrhunderts so oder so ähnlich zugetragen haben. Die Verblüffung war riesengroß. Selbst die heftigsten Diskussionen endeten zwangsweise mit der Einsicht, dass wir ja doch nichts ändern könnten, weil wir bereits vor den vollendeten Tatsachen stünden. Der Ursprung der Krise lag also schon längere Zeit zurück.
Diese Doktrin fand ihren Weg in die Zeitungsspalten. Als ihr geistiger Vater galt der Gelehrte Filibert Prekedevic, Dozent der Dialektik, der Logik und der Mathematik.
Und er lieferte seine einleuchtende Erklärung für die Misslichkeiten des täglichen Lebens wie Teuerung und Inflation gleich dazu: Er wollte nämlich herausgefunden haben, dass die hoch industrialisierte Welt schon längst, ohne es bisher bemerkt zu haben, in der Phase des *Minuswachstums* angekommen war.

Zum Zweiten

Das Höchste aller Dinge, so hatten es die Staatsmänner uns immer wieder versichert, das sei ein Wachstum, an dem alle teilhaben könnten. Es galt als Nachweis, dass man in einer zivilisierten und gerechten Gesellschaft lebte. Wachstum ersetzte sogar das Denken. Wenn sich ein Redner verhaspelte oder ihm nichts mehr einfiel, dann beschwor er zuletzt noch schnell das gemeinsame Wachstum und seine Worte gingen mit Sicherheit im allgemeinen Beifall unter.

Den heiligen Pfad dieses gemeinsamen Wachstums zu verlassen, der tausendmal angerufen und beschworen worden war, so von einem Augenblick auf den anderen, dieser Gedanke überforderte selbst die Wendigsten unter den Meinungs- und Verantwortungsträgern. Also spaltete sich das Wachstum auf, in gutes und böses, in qualitatives und quantitatives, in das Deine und das Meine.

Eine neue Ära war angebrochen.

Verschiedene Mathematiker gingen nun ihrerseits daran, das *Minuswachstum* zu errechnen, womit sein Vorhandensein endgültig als erwiesen galt.

Unterdessen hatte Filibert Prekedevic seine fünf großen Essays veröffentlicht. Sie sollten ihn ungemein populär machen und lauteten *„Keine Angst vorm Minuswachstum“*, *„Sicher durch das Minuswachstum“*, *„Die Grenzen des Minuswachstums“*, *„Das kleine Einmal-*

6

eins des Minuswachstums" und „Minuswachstum. Sieben Tipps für schlaue Köpfe".

Die Geschichte
Von der nützlichen Lebensweise

1.

Zur selben Zeit ging eine Frau hochschwan-
ger, eine arme Seele mit nervöser Belastung,
deren sehnlichster Wunsch es war, es allen
und jedem recht zu machen, wodurch sie
ihre Umgebung regelmäßig in höchste Konfu-
sion brachte. Der Urheber ihres Kindes hatte
sich gerade noch rechtzeitig aus dem Staub
gemacht und blieb danach für alle Zeit ver-
schollen.

Die Frau brachte ein prächtiges Kerlchen zur
Welt, nannte es ihren kleinen Friedhalm,
welcher zunächst einmal so heftig schrie und
strampelte, dass es eine Freude war. Der
ängstlichen Mutter war eine solch übergroße
Lebenskraft unverständlich, sie versuchte
immer wieder das Kind zu beruhigen und in
den Schlaf zu wiegen. So kam es, dass
Friedhalm bereits in seinem zweiten Lebens-
jahr ein ausgesprochen stilles und schläfri-
ges Kind war.

Während Friedhalm von den Zukunftsprognosen seiner Zeit noch nichts wusste und daher auch nichts befürchtete, während er also langsam und stetig heranwuchs, lernte er, ruhig und aufmerksam zu sein.

Die Erwachsenen erkannten hinter Friedhalms Fügsamkeit sehr bald ein durch und durch sympathisches Kind, einen Hoffnungsträger und sagten ihm eine erfreuliche Laufbahn, wenn nicht sogar eine Karriere voraus.

2.

In Erzählungen wird von einem frühreifen und hellsichtigen Jungen berichtet. Als seine Mutter in ihrer Unentschlossenheit wieder einmal verzweifelt ausrief, was denn richtig sei auf dieser Welt, soll ihr der Acht- oder Zehnjährige die Antwort gegeben haben, alles und nichts.

Als Heranwachsender studierte er bereits eifrig die Überschriften der Zeitungen. Wegen seiner raschen Auffassungsgabe war er bald ein schlagfertiger Gesprächspartner. Später begann er sich mit wichtigen Fragen über die Zukunft zu beschäftigen. Als er eine Vielzahl davon vor sich aufgetürmt hatte, stieß er auf das Institut für Konjunktur und Wachstumsbewegungen des nunmehrigen Professors Prekedevic.

Augenblicklich erkannte Friedhalm seine wahre Berufung und was ihn bisher, ohne es recht zu wissen, geleitet hatte. Noch am gleichen Tag wandte er sich an das Institut mit der Bitte um Aufnahme.

Dort sammelte er, fleißig und gründlich, wie es seinem Wesen entsprach, ein umfangreiches Wissen an. Er tat sich beim Lehrpersonal hervor, um an alle möglichen Informationsquellen heranzukommen, er ackerte sich durch die Fachliteratur und stöberte abends in Bibliotheken. Dazu verglich er Statistiken, gebrauchte allerlei komplizierte Formeln und entwickelte daraus eigene Berechnungsmethoden, die ihrerseits neue, drängende Fragen aufwarfen.

3.

Friedhalms akademisches Talent war dem Professor nicht entgangen und bald zog er ihn zur Mitarbeit heran. Aufgaben gab es genug, denn als Inhaber eines Lehrstuhls war Prekedevic ein vielbeschäftigter Mann, gleichermaßen unterstützt vom Staat wie von Kreisen der Wirtschaft.

An seinem Institut hatte sich die zukünftige Elite des Landes eingefunden, neugierig beäugt von Sponsoren, Auftrags- und sonstigen Geldgebern. Alle möglichen Zahlen, die in der Welt umherschwirrten, wurden von Filibert Prekedevics unermüdlichen Mitarbeitern eingefangen, akribisch geordnet und zu Daten veredelt.

Zuletzt trat der Professor heran und heiligte das Zahlenwerk mit seiner monatlichen Vorhersage. Diese wurde einem ausgewählten Publikum präsentiert, wo sie einen guten Teil seiner Wirkung aus der gemeinsamen elitären Offenbarung entfaltete. Kurzum, einige der Prognosen erfüllten sich schon wegen des Einflusses, über den der Professor zweifelsohne verfügte.

Woche für Woche verschickte das Institut Gutachten, Expertisen, Kommentare, Essays und Stellungnahmen, deren Grundlagen die Studenten im Rahmen des Übungsbetriebes erarbeitet hatten. Noch spätabends widmete sich der Professor seinen Aufgaben als Konsulent und Berater der nationalen Fahrzeugindustrie.

4.

Außerdem hatte Professor Filibert Prekedevic soeben den zweiten Band seines auf mehrere Teile geplanten Hauptwerkes herausgegeben, welcher sich nach dem „Weltgesetz vom Fortschritt" jetzt mit dem „Weltgesetz vom Kostenfaktor" befasste.

Man habe zuvorderst das Vernünftige zu tun, lehrte er, und dieses bedeute zunächst, dass alle Abläufe vereinfacht werden müssten. Nur mit Kostenvorteilen aus der Rationalisierung ließe sich das Minuswachstum, welches ein äußerer Stillstand innerhalb höchster Aktivitäten sei, überwinden. Gewinne würden nicht mit neuen Produkten gemacht, bei der sich das Eigenkapital rasch in Luft auflösen könne, sondern in der Vereinfachung aller Systeme. Das größte Potential der modernen Menschheit liege also in seiner Effizienz. Dieser Schatz warte täglich darauf, gehoben zu werden, und zwar nach der Prämisse *Nicht bewegen, zuerst denken.* Effizientes Sparen sei ganz ohne jedes Risiko und mache sich von der ersten Minute an bezahlt. Friedhalm leuchteten die Worte des Professors ein und er bewies bald seine Gelehrtheit, indem er ganze Teile des Werkes aus dem Gedächtnis vortragen konnte.

Dass Sparen auch mit großer Lebensfreude einhergehen könne, das führte der Professor sehr offenherzig mit Beispielen aus dem eigenen Leben aus. Er habe immer wieder erfahren müssen, dass in den wirklich guten Restaurants zwar kleinere Portionen an den Tisch gebracht würden, dafür aber die gereichten Speisen von allerbester Qualität seien. Die zukünftige Entwicklung werde also dahin gehen, dass alle aus dem Vollen schöpfen könnten und dabei weniger auf dem Teller hätten.

Eines Tages begann er die Vorlesung mit der Lobpreisung seines neuen Wagens, den er für seine Beratertätigkeit zur Verfügung gestellt bekommen hatte. Der hätte doppelt so große Reifen wie sein eigener und er sitze jetzt einen gefühlten halben Meter höher im Auto, womit sich sein Horizont wesentlich erweitert habe.

„Kolleginnen und Kollegen, und trotzdem verbrauche ich auf hundert Kilometer einen halben Liter Treibstoff weniger. Ich spare mit jedem Weg. Das ist ein so großes Vergnügen, dass ich am liebsten gar nicht mehr zu Fuß gehen möchte."
Sparen sei vor allem eine moralische Verpflichtung und doch auch eine Frage der persönlichen Intelligenz, fügte er hinzu und Friedhalm pflichtete ihm aus tiefer Überzeugung bei.

5.
Der Professor hatte eine Tochter namens Löwenlieschen. Deren größter Bewunderer nach ihrem Vater war Theo Uzelac, ein hilfreicher Assistent des Professors. Mit seiner schmalen Nase und den Bewegungen seines Kopfes ähnelte er einem Steinkauz. Bei größeren Anlässen hielt er sich meist in ihrer Nähe auf, minutenlang konnte er sie stumm und regungslos fixieren. Löwenlieschen ihrerseits hielt als vornehme Dame ihre Augenlider stets ein wenig geschlossen. Wenn sie aber aus irgendeinem Grunde doch überrascht lächeln musste, wurden ihre spitzen Eckzähnchen sichtbar.
Theo Uzelac galt als der kommende Mann am Institut. In seiner vielbeachteten Doktorarbeit hatte er den rechnerischen Nachweis erbracht, dass die tausend Arbeiter, die beim

der Pyramiden tätig waren, seinerzeit einander die längste Zeit im Wege gestanden sein mussten. Bei einem effizienten Einsatz des Humankapitals hätten die Pyramiden nämlich etwa doppelt so hoch ausfallen können. Friedhalm, der keine Scheu kannte, wenn ihm die Etikette eine Gelegenheit gab, trat beim Sommerball des Institutes an den Tisch des Professors, verneigte sich vor ihm und dessen Gemahlin und forderte die junge Dame zum Tanz auf. Löwenlieschen trug ein Kleid, das ein wenig die Schultern bedeckte, aber das hervorstehende Schlüsselbein freigab. Nach wenigen Schritten war sie sichtlich erhitzt und der Geruch von saurer Milch stieg ihm zur Nase. Friedhalm gefiel ihr auf Anhieb, weil seine Stirn so hoch und kühn zurückwich und auch deshalb, weil seine Unterlippe einen Teil der Oberlippe verdeckte, was ihn als Mann von festem Entschluss zeigte. Friedhalm seinerseits war Milchprodukten niemals abgeneigt gewesen und der Geruch von saurer Milch in Verbindung mit ihrer Mädchenhaut hatte seine Neugier geweckt.

Als der Professor merkte, dass sich seine Tochter lebhaft unterhielt, empfand er außerordentliches Wohlwollen für seinen begabten Studenten, sodass der Entschluss rasch gefasst war, den aufstrebenden jungen Mann zum Nachmittagskaffee einzuladen.

6.

Eine Woche später war es dann soweit. Der Professor empfing ihn freundlich. Er bewohnte mit seiner Gattin Luise und der gemeinsamen Tochter Löwenlieschen eine Villa in bester Lage mit einem riesigen Garten hinter dicken Büschen und hohen Bäumen. Hier konnte er, ohne von jemandem gesehen oder gestört zu werden, seinen Gedanken über die Effizienz, die Konjunktur, das Sparen und die Weltgesetze nachgehen.

Die Villa musste alleine des Gartens wegen ein Vermögen gekostet haben. Ganz offensichtlich fehlte jedoch das Geld für wichtige Reparaturarbeiten. Als hätte er Friedhalms Gedanken erraten, bekannte der Professor freimütig, er komme aus einfachen Verhältnissen und hätte niemals über so viel Kapital für ein Haus wie dieses verfügt, aber die horrenden Rückzahlungsraten würden sich über einen Umweg bezahlt machen, denn seit er hier lebe, habe er in dem Garten die Kraftquelle für seine großen Ideen und Gedanken gefunden.

Zwischen diesen Worten und dem kleinen Rundgang war es Friedhalm gelungen, der Gemahlin des Professors seinen mitgebrachten Blumenstrauß zu überreichen. Später, am Tische richtete er seine Worte bevorzugt an sie und wie versehentlich streifte er an ihrer Hüfte an.

Das Ergebnis des Besuches war, dass Löwenlieschen und Friedhalm einen gemeinsamen
Opernabend verbringen sollten, da die Eltern
aus Freude über die neue Bekanntschaft ihrer Tochter nur zu gerne auf ihre Karten ver-
zichteten.

7.

Das Orchester war bis auf eine Geige ver-
stummt. Löwenlieschen saß versonnen da,
eine Hand auf der Brüstung der Loge. Das
Licht, das von der Bühne ausging, legte sich
um ihre wegstehenden Haare und schmeichelte ihren Gesichtszügen. Ein Liebesduett
füllte mit seinen schmelzenden Tönen den
Zuschauerraum. Ihre Brust hob und senkte
sich. Als sie Friedhalms Hand spürte, schob
sie diese zunächst zur Seite, doch er flüster-
te: Als Student der wissenschaftlichen Me-
thodik strebe ich unser gemeinsames Ziel mit
den zweckmäßigen Mitteln an. Weite Umwege
sind nur vergeudete Zeit. Effizienz ist das
Gebot der Stunde. Sie gilt auch ganz besonders für uns beide.
Dem war nichts zu entgegnen und so kam es,
dass er sich weiter an ihr zu schaffen machen konnte. Noch ehe sie wusste, wie ihr
geschah, fand sie sich sie an ihren empfind-
lichsten Stellen einer ungewohnten Zugluft
ausgesetzt.
Wir wollen unsere Beziehung auf das Be-
deutsame und Wesentliche beschränken,

16

raunte er ihr ins Ohr. Löwenlieschen tat, als
ob sie das Geschehen auf der Bühne verfolgte
und überließ sich ansonsten dem weiteren
Gang der Dinge.

Am Heimweg, kurz vor ihrem Haus, immer
noch aufgewühlt über die Darstellungskunst
der Sänger, die großen Gefühle und die
schnelle Vereinigung, blieb sie stehen und
sah ihn fest an.

Wieso bist Du mit mir in die Oper gegangen?
Es war effizient, den Vorschlag Deiner Eltern
anzunehmen. So konnte ich ihr Vertrauen zu
mir steigern und mit Dir beisammen sein.
Löwenlieschen schwindelte. Sie wusste nicht,
ob das nun von der Liebe käme oder von der
Geschwindigkeit, die Friedhalm vorgab.

Ab diesem Zeitpunkt weg erfüllte er die Rolle
ihres Liebhabers mit einer Perfektion, wie sie
ihm eigentlich nicht zugedacht war.

Zur Villa gab es einen Seiteneingang, der in
feuchte, ebenerdige Räume führte, in denen
verschiedene Gartengeräte und Möbel einge-
lagert waren. Löwenlieschen hatte ihm den
Schlüssel ausgehändigt.

8.

Friedhalms Auftreten hatte an Selbstsicher-
heit und Zielstrebigkeit gewonnen. Als Kon-
junkturstudent befand er sich ganz offensichtlich im Aufwind.

Wenigstens einmal in der Woche war er jetzt
ein gern gesehener Gast im Hause Prekede-

vic, wobei er sich bei den Nebengeschäften des Professors nützlich zu machen wusste. Dann streifte er beim Nachmittagskaffee mehrmals an der Hüfte der Frau Gemahlin an. Sobald sich bei ihr ein rotes Fleckchen am Hals erkennen ließ, richtete er einige artige Worte an Löwenlieschen. Zuletzt verabschiedete er sich rasch, machte stracks kehrt, kam in das Haus durch den Seiteneingang zurück, um den vielen guten Worten noch ein gutes Werk folgen zu lassen.

An solchen Tagen bekamen alle Beteiligten der Reihe nach, was ihrem Wohlbefinden zuträglich war und eine Stimmung von Harmonie und Glück stieg über der alten Villa mit den hohen Bäumen auf. Dieser selige Zustand hätte weiß Gott noch wie lange andauern können, über ein Jahrzehnt hinweg oder länger sogar, wäre da nicht der heimliche Ehrgeiz Friedhalms gewesen.

Binnen Jahresfrist schloss er unter den Fittichen des Ordinarius seine Prüfungen ab. Damit hatte er die Geheimnisse der Konjunktur ebenso wie das Wesen der strukturellen und rechtlichen Abläufe des werktätigen Menschen von Grund auf studiert. Der begehrte Titel befand sich in Reichweite, er musste jetzt noch seine wissenschaftliche Abschlussarbeit zu Ende bringen. Unter Zustimmung des Professors arbeitete er am Nachweis, dass ein Mehrwert, der sich aus zwischenmenschlicher Kooperation ergäbe, nur Mumpitz und Humbug sei und daher alle genossenschaftlichen Theorien endgültig auf dem Schutthaufen der Geschichte landen müssten. Schließlich standen sich die Menschen in einem immerwährenden Konkurrenzkampf gegenüber, wo sie einander mit Lug und Trug begegneten.

Damit wanderte sein Name auf die Liste derjenigen, die zu allen offiziellen Anlässen des Institutes eingeladen wurden und die auch den Sponsoren des Institutes zur Verfügung gestellt wurde. Dies waren Firmen, die ihren Führungsnachwuchs vorzugsweise gleich vom Hörsaal weg rekrutierten.

9.

Im Anschluss an die Jahrgangsfeier wurde er von zwei Herren in ein Gespräch verwickelt. Der Großgewachsene der beiden, ein Mann in den 70ern, der Inhaber der Kunststoffgießerei Plütz, betrachtete ihn dabei die längste Zeit wohlwollend von der Seite. Sein Begleiter, ein Wirtschaftsanwalt namens Flimm, richtete im Laufe des späteren Abends immer wieder Fragen an den zukünftigen Absolventen. Friedhalm hatte seinen Schritt zum Fachmann längst getan und wie die meisten der Zunft ließ er sich nur widerwillig eine Antwort entlocken. Doch sobald er zur Rede ansetzte, so steckte sie voll Wenn und Aber, voller Querverweise und Unwägbarkeiten. In gut gewählten Worten vermochte er jedes Problem in seiner besonderen Komplexität samt allerlei möglicher Verästelungen darzustellen. Man konnte sich des Eindruckes nicht verwehren, dass hier ein früh gereifter Leistungsträger seinen Beitrag gespendet hatte.

In den nächsten Wochen und Monaten gab es einige weitere Termine abwechselnd mit einem der beiden Herren. Friedhalm war von den Ansichten des alten Plütz erstaunt, der immer wieder betonte, nach seinem Verständnis als Arbeitgeber stünden die Mitarbeiter mit ihren Fähigkeiten wie auch als Menschen im Mittelpunkt. Davon stand zwar nichts in den Lehrbüchern, aber soweit konnte er ihm schon beipflichten und Plütz war sichtlich zufrieden.

Mit Flimm, dem ebenso klar wie kühl denkenden Wirtschaftsmenschen, verstand er sich auf Anhieb. Es war geradezu ein Vergnügen, vor ihm in gut strukturierten Gesprächen brillieren zu dürfen.

Der alte Plütz war von seiner Bank dazu angehalten worden, nach fortschrittlicheren Geschäftsmodellen Ausschau zu halten. Die Gewinne der letzten Jahre waren arg zusammengeschrumpft, doch davon ahnten die meisten seiner gut eintausend Mitarbeiter nichts. Flimm wiederum vertrat die Interessen seiner Hausbank und versuchte, zum Wohle der Firma die Fäden im Hintergrund zu ziehen.

10.

Große Änderungen standen bevor. Friedhalm hatte sein Studium abgeschlossen, seine wissenschaftliche Arbeit ruhte gebunden in den Regalen der Fachbibliotheken. Die Urkunde mit dem verliehenen Titel lehnte gerahmt auf dem Schrank. Es war Zeit, die Koffer zu packen. In wenigen Tagen erwartete ihn ein gut bezahlter Arbeitsplatz. Ein neues Leben, eine neue Freiheit lag vor ihm.

Der junge Doktor der Konjunktur suchte mit seinen Fingerspitzen nach jenen Stellen der Haut, wo es nach saurer Milch roch.

Löwenlieschen kicherte.

Mama hat mir erzählt, Theo Uzelac hätte bei Papa versucht, um meine Hand anzuhalten.

Was sagst Du da?

Er glaubt, er könne sich mit Vater zusammen tun, wie er mich zu einer Heirat überreden könne.

Wie hast Du Dich entschieden?

Sag mir, warum Du auf solche Gedanken kommst!

Du hast mir selbst gerade davon erzählt!

Aber Friedhalm! Begreifst Du nicht, was ich Dir sagen will?

Oh doch. Ich habe schon verstanden.

Nein. Hör´ mir zu!

Du dachtest darüber nach, ob Du mit ihm glücklich werden könntest.

Aber ich liebe Dich. Ich werde Dich immer lieben.

Wie soll ich das glauben?

Wir gehören zusammen. Und das weißt Du auch.

Du hast Dir hinter meinem Rücken überlegt, wie es wäre, mit mir Schluss zu machen.

Er stand auf.

Aber Friedhalm! So bleib! Bitte! Ich liebe nur Dich!

Es ist Deine Entscheidung. Ich füge mich.

Sprach´s und ging.

Aber Friedhalm!, klang es so unendlich traurig und zärtlich hinter ihm her, dass Steine davon hätten erweicht werden können.

Friedhalms Ohr war völlig unempfänglich, denn er hörte gar nichts mehr. Seine Gedanken waren schon weit vorausgeeilt.

Von einem Tag auf den anderen kehrte er nicht mehr in das Haus zurück, das er fast zwei Jahre lang regelmäßig aufgesucht hatte. Den Schlüssel warf er nächtens über den Gartenzaun. Löwenlieschen schloss sich viele Stunden in ihr Zimmer ein und vergoss dort bittere Tränen. Ihre Mutter tastete manchmal nach einer empfindlichen Stelle ihrer Hüfte, wenn sie sich unbemerkt glaubte. Als sie später Löwenlieschens Zustand erkannte, war sie fassungslos. Eine dunkle Wolke zog über die Villa Prekedevic. Zu der Angelegenheit wurde im Hause nicht viel gesprochen. Der Professor war zuerst enttäuscht, dass sich der junge Friedhalm ohne Abschied da-

vongemacht hatte. Dann sah er sich hinter-
gangen, ohne genaueres zu ahnen, weswegen
oder warum und schwor dem Undankbaren
insgeheim bittere Rache.

11.
Mit großem Eifer warf sich Friedhalm auf
seine Arbeit. Bei Plütz ging es wie in grauer
Vorzeit zu: Es gab Listen, die nach wenigen
Tagen überholt waren, wenn sie nicht immer
wieder von Hand aus ergänzt wurden. Jede
Abteilung hatte dabei ihre eigenen Berechnungsmethoden.
Wollte er sich Informationen beschaffen,
dann dauerte es Tage. Und immer wieder
stieß er dabei auf Plütz. Die Sympathie, die
dem alten Mann von allen Seiten entgegenschlug, war Friedhalm zuwider. Manche der
Mitarbeiter hingen geradezu an seinen Lippen. Die meisten von ihnen kannte er persönlich und er sprach sie mit ihrem Namen
an. Es gab sogar Personen, deren Großeltern
bereits im Betrieb gearbeitet hatten. Vorschläge zur Vereinfachung wurden mit allen
möglichen Einwänden abgewehrt. Entlassun-
gen betrachtete Plütz als Tragödie.
Friedhalm hätte wohl die Flinte ins Korn geworfen, wenn er nicht in Flimm einen Ver-
trauten gehabt hätte, mit dem er sich ein- bis
zweimal in der Woche am Abend treffen
konnte. Bei diesen informellen Treffen lernte
er einen ehrgeizigen Ingenieur aus der Ent-

wicklungsabteilung der Kunststoffgießerei kennen und ein andermal einen gleichaltrigen Personalentwickler, der ebenso wenig wie er seine Qualifikationen einbringen konnte. Manchmal stieß auch ein EDV-Fachmann der Bank zur Runde dazu, der über die Arbeitsweise des Plütz´schen Werkes bisweilen schmunzeln musste.

12.
Kostenreduktion!, lautete die Vorgabe der obersten Gremien, der Geldgeber. Und: *Kostenreduktion!*, hallte es in den Führungsetagen nach.
Friedhalm hatte dem Bankenvertreter Flimm unter vier Augen bereitwillig versprochen, sich der Sache anzunehmen. Und in der Tat, die Personalkosten waren einfach zu hoch. Das frei heraus zu sagen, fiel ihm leichter als irgendjemanden sonst. Gerade ihm war durch sein Studium die nötige Flexibilität zueigen, um sich zum richtigen Zeitpunkt an den richtigen Zielsetzungen festzumachen. Als Angehöriger der Elite trennte ihn ohnedies eine unsichtbare Barriere zur Mehrzahl der arbeitenden Kollegenschaft. Er selbst gehörte jener Gruppe an, die auserwählt war, allerlei Entbehrungen auf sich zu nehmen, ohne selbst gleich aus dem Ruder zu laufen. Die oberste Forderung an das gegenwärtige und zukünftige Führungspersonal lautete da: Volle Verfügbarkeit ohne Ein-

schränkung. Friedhalm seinerseits fühlte
sich geschmeichelt, wenn ihn am Wochenende ein Anruf Flimms erreichte und er sich
mit einer Aufgabenstellung konfrontiert sah,
für die er gut vorbereitet am Montag dem alten Plütz gegenüber treten musste.

13.
Wie Friedhalm es auch anstellte, die Ergeb-
nisse blieben aus seiner Sicht höchst unbe-
friedigend. Vorläufig war ihm nichts anderes
möglich, als Krankenständen nachzuspüren,
offensichtliche Doppelgleisigkeiten darzule-
gen und extreme Unproduktivität zu doku-
mentieren. Selbst dann konnte der Kampf
gegen den nachsichtigen Plütz nur mit Be-
harrlichkeit und List gewonnen werden. Immerhin hatte Friedhalm jetzt einen Partner in
der Personalabteilung gewonnen, der in An-
gelegenheiten des Arbeitsrechts sattelfest
war. Mit ihm ließen sich gemeinsame Vorhaben durchführen.
So konnte er jetzt wenigstens daran gehen,
im Sinne der Effizienz die späteren Opfer ein-
zukreisen, sie anschließend zu isolieren und
zuletzt die Schlinge zuzuziehen. Dann nämlich hatte in beiderseitigem Einvernehmen
ein Schriftstück anfertigt zu werden, das jeder späteren juristischen Auseinandersetz-
ung standhalten musste. Wenn eine Kündigung solchermaßen wasserdicht war, konnte

nicht einmal der alte Plütz etwas dagegen ausrichten.

Nach kurzem Schrecken rührte sich aus der Belegschaft etwas wie hinhaltender Widerstand. Aber Friedhalms Wirken wurde letzten Endes von der Arbeiterschaft selbst bestätigt: Noch jedes Mal war es gelungen, den Aufgabenbereich des Gekündigten unter den Verbliebenen aufzuteilen. Der Faktor Mensch stellte sich als ein nahezu unerschöpfliches Potential für Einsparungen heraus.

Wie ein Jäger nach der Treibjagd über sein Handwerk Bilanz zieht und über Zahl und Qualität des erlegten Wildes fachsimpelt, so besprach er mit seinem Partner aus der Personalabteilung bei Sushi zu Mittag die Kündigung, die sie einige Viertelstunden zuvor in die Wege geleitet hatten.

14.

Neben diesen Herausforderungen durchlief Friedhalm ein Programm für gehobene Mitarbeiter, das auf Anraten der Bank abgehalten und von ihr auch organisatorisch betreut wurde. Es sollte den Typus des veredelten Mitarbeiter hervorbringen, mit einer mehrfach vertieften Motivation, überhaupt nicht vergleichbar mit der ersten Begeisterung, wie sie Friedhalm über seine Aufnahme ins Berufsleben verspürt hatte. Das Ziel war erst dann erreicht, wenn das Firmenlogo selbst im Sonnengeflecht Platz genommen hatte.

Fortbildungskurse fanden grundsätzlich in den entlegenen Gebieten des Landes statt. Die Anreise dorthin musste mit einiger Mühsal verbunden sein. Dann jedoch erwartete den Ankömmling eine besonders malerische Landschaft und nach den Vorträgen und Diskussionen ein außergewöhnlicher Luxus, wie verschiedene abendliche Bäder, Duftölmassagen und gemeinsame Entspannungsübungen.

Hier begegnete ihm Agnes. Sie war deutlich über die Dreißig hinaus, eine schmale Erscheinung, die strenge Diät hielt. Sie war gerade aus der Babypause zurückgekehrt. In ihren frühen Jahren hatte sie eine atemberaubende Bankkarriere bis zur Chefassistentin mit besonderer Verwendung hingelegt. Wenn die Blicke des versammelten Managements ihrer Silhouette folgten, wenn ein Ruck bei ihrem Eintreten durch die Anwesenden ging, so galt sie mit ihrer Kompetenz als Beweis der gelebten innerbetrieblichen Chancengleichheit.

Wegen ihres Wissens, das immer noch einen gewissen Wert besaß, wurde sie fortan mit Sonderaufgaben, wie der Organisation von Motivationsseminaren betraut. Friedhalm entdeckte in ihr eine große Übereinstimmung zu seiner Denkensart und folgte ihren Ausführungen höchst angeregt.

Neben ihrer klaren Ausdruckweise war es ihre Ausstrahlung, von der sich Friedhalm stark hingezogen fühlte. Sie hatte schwarze,

mittellange Haare, ihr Teint war sehr hell.
Einige scharf umrissene Muttermale hoben
sich deutlich ab. Jedes Mal wenn sie sich an
ihn wandte, verspürte er einen leichten
Schauder, als striche ihm jemand mit einem
Messerspitzchen kreisförmig über die Schul-
terblätter. Er hätte schwören mögen, dass
ihre Fingernägel lange und zugefeilt waren.
Wenn er genauer hinsah, entdeckte er, dass
ihm seine Gedanken einen Streich gespielt
hatten. Doch der Schauder hielt jedes Mal
noch eine Weile an.
So kam es, dass Friedhalm des Abends im
Swimmingpool des Seminarhotels neben ihr
am Beckenrand stand und bei einem lebhaf-
ten Fachgespräch ihren Muttermalen bereits
ziemlich nahe gekommen war. Als ihn die
Bugwelle eines Schwimmers an sie heran-
trug, berührten sich beider Oberschenkel
unter Wasser und es war nicht peinlich. Wie
überhaupt die Nähe des Arbeitens, Essens
und Entspannens eine Situation schuf, auf
der sich verbesserte Kontakte der Teilnehmer
untereinander aufbauen ließen.
Ganz besonders stärkten die gemeinsamen
Dampfbäder das Gruppengefühl. Schließlich
konnte man einen Menschen, mit dem man
gemeinsame Ziele erarbeitet hatte und mit
dem man überdies zusammen eine Zeitlang
nackt, wehrlos und schwitzend hinter dicken
Nebeln zugebracht hatte, in beruflichen An-
gelegenheiten nicht mehr gleichgültig gegenüber stehen. Eine Woche unter Kollegen aus

Personalentwicklung, Organisation, Marketing und Technik brachte neue Einsichten und die beste Voraussetzung, aufeinander abgestimmt zu handeln.

Mit diesem Bewusstsein trat Friedhalm im Auftrag der Kostenreduktion eine Rundreise zu den Außenstellen des Plütz´schen Firmengeflechtes an. Dabei musste er in Hotels verschiedener Städte übernachten, in denen sich das Muster der Spannteppiche nicht unterschied.

15.

Aber es gab auch Anfechtungen in seinem beruflichen Alltag und eine, von er sich überwältigen hatte lassen. Sie ging vom Rechnungswesen aus. Ihr Name war Zussi. Der Ruf, der ihr vorauseilte, war nicht der allerbeste. Sie galt als eine der weniger motivierten Mitarbeiterinnen, also zog Friedhalm Erkundigungen über sie ein. Vielleicht sprach daraus nur der Neid der anderen; immerhin, es gab da eine Schwachstelle, bei der nachgehakt werden musste.

Sie tat, als nähme sie sein berufliches Interesse persönlich und blickte ihn mit ihren großen grünen Augen angespannt an. Er bemerkte ihren Ausschnitt.

Du bist der erste aus der Geschäftsführung, sagte sie später zu ihm. Dabei spielten ihre Fingernägel bereits mit seinen Hautfalten.

Ja, sagte er gepresst.

16.

Es wurde ein aussichtsloses Verhältnis und
es ging über Wochen und Monate.

Einmal sah ihn Zussi von der Seite her an:
Du weißt mehr, als Du mir sagst, stimmts?
Er blickte zum Fenster hinaus.
Verrat´ es mir.
Ich habe gerade nachgedacht.
Worüber? Los, erzähl.
Das ist zu kompliziert.
Mach kein Geheimnis daraus.
Es wird keine Buchhaltung mehr geben.
Nicht mehr hier.
Wie soll das gehen?
Sie übersiedelt.
Wie stellst Du Dir das vor?
In einigen Jahren ist es soweit. Vorbereitun-
gen sind schon im Gang. Indien, Rumänien,
was weiß ich.
Das nehme ich Dir nicht ab.
Dort sind neue Geschäftsmodelle in Vorberei-
tung. Die Firmen gibt es schon. Sie werden
uns diese Dienste anbieten.
Wie soll das gehen?
Es kann funktionieren, glaub mir.
Seit wann weißt Du das?
Ich hab Dir schon zuviel erzählt.
Du Mistkerl.
Zussi war mit Urteilen schnell zur Hand.
Überdies fehlten ihr die Voraussetzungen
zum strategischen Denken. Genauso sah es
auch in ihrem Gefühlsleben aus. Sie hatte
sich mit Friedhalm eingelassen, weil er ein

wichtiger und gefürchteter Mann war, weil er ihr ein bisschen Angst gemacht hatte und weil er, ganz aus der Nähe betrachtet, recht zahm war. Es schmeichelte ihr, zu spüren, wie sehr sich Friedhalm zu ihr hingezogen fühlte und wie er sie auf seine etwas unsichere Weise betrachtete. Sie hatte seit längerem einen Lebensgefährten, der in der Welt der Arbeit und des Geldes keine große Figur abgab, der sich aber in ihrer beider Beziehung als handgreiflich, fordernd und ausdauernd herausgestellt hatte.

Ihre persönliche Situation entsprach daher im Großen und Ganzen ihren Bedürfnissen, also konnte sie Friedhalm nicht gut mit Forderungen bedrängen.

Bevor er sie kündigen musste, ging sie in Karenz.

17.

Die Kunststoffgießerei Plütz leistete sich mehrere Fachgeschäfte, alle in besten Lagen und über das ganze Land verteilt. In ihnen wurde ausschließlich langlebiges Plastikgeschirr aus eigener Produktion verkauft. Dahinter stand die Überlegung, über den Direktverkauf die eigene Marke zu stärken und die Verkaufspreise zu bestimmen.

Doch die Zeit der guten Verdienste war vorbei. Billige Ware aus Übersee hatte den Gewinnen den Garaus gemacht. Die Verkäuferinnen in den Geschäften waren mit den Jahren in höheren Gehaltsstufen angekommen; ihre Abfertigungsansprüche alleine waren schon eine Bedrohung für den Gewinn eines gesamten Jahres.

Für Friedhalm war die Sache klar. Wie so oft im Leben, war der einfachste Weg nicht der gangbare. Aber es gab einen effizienteren. Mit Flimms Unterstützung und in Absprache mit der Personalentwicklung einigte man sich auf folgende Vorgangsweise: Die Filialen wurden in einer eigenen Gesellschaft mit Plütz als Geschäftsführer zusammengefasst, die das Personal mit allen Ansprüchen und Rechten übernahm und gleichzeitig Untermieter in den Filialen wurde.

Dafür erweiterte man das Sortiment unter anderem auch um jene billige Importware, die zuvor streng verpönt war. Plütz, der die bedrohlichen Kennzahlen seiner Geschäfte sehr wohl kannte, war schon damit zufrieden, dass niemand gekündigt werden musste. Er selbst stellte sich vor das versammelte Verkaufspersonal hin und pries die Erneuerung des Geschäftsmodells als seine eigene Idee. Er verwendete dafür den Begriff Relaunch, Friedhalm hatte ihm diesen zugeflüstert. Und das Wort verfehlte seine Wirkung nicht, denn es erweckte allerlei Phantasien. Die Damen zeigten sich vorerst sehr erleichtert, weil sie meinten, dass ihre Zukunft gesichert sei.

Mit dieser erfreulichen Botschaft kehrten sie nach Hause zurück. Sogar spätabends in den

Ehebetten wurde über das erlösende Wort
gesprochen, man rückte zusammen und rät-
selte eine Weile über seine tiefere Bedeutung.
Schon gaben die Hautsensoren Anzeichen
von erster Regung und ehe man sich´s ge-
wahr wurde, relaunchten sich mehrere Be-
ziehungen auf die allerschönste Weise.
Als sich auch noch herumsprach, dass eine
Partie von Handwerkern ausgerückt wäre,
um in den Filialen die Wände neu zu tapezie-
ren, da wuchs die allgemeine Zuversicht geradezu ins Unermessliche.

18.
Trotz aller Anstrengungen blieben die Umsätze weit hinter den Erwartungen zurück. Zuerst wurde die Produktion um eine Schicht
zurückgefahren, dann mussten die Arbeiter
jeden dritten Tag früher nach Hause ge-
schickt werden.
Innerhalb von drei Jahren war die eigens ge-
gründete Verkaufs-GesmbH von den Kosten
aus hoher Untermiete, Gehältern und gerin-
gen Margen erdrückt. Mangels Geschäfts-
vermögens war der Konkurs nicht mehr ab-
zuwenden. Die Frauen wurden entlassen, die
Zahlung ihrer Abfertigungen wurde von einer
Ausfallshaftung übernommen. Die Filialstand-
orte fielen wieder an die Firma zurück und
konnten mit Friedhalms Geschick vorteilhaft
an einen Investor losgeschlagen werden.
Plütz sah sein Lebenswerk in Gefahr. Mit

wässrigem Blick nahm er an den täglichen Krisensitzungen teil. Seine Hände zitterten. Auf jede seiner Einwendungen hin wurde höflichkeitshalber ein paar Augenblicke geschwiegen.

Nun hielt Flimm auch den Zeitpunkt für gekommen, um dem gesamten Betrieb ein einheitliches EDV-System zu verordnen.

Plütz fand sich nicht mehr zurecht. Er bat Friedhalm um seine Einschätzung der Lage. Der hielt ihm eine Reihe von Versäumnissen vor, er sprach von radikalen Einschnitten, die unmittelbar bevorstünden, von einem notwendigen Umbruch und einer Änderung der Betriebskultur.

Den Ingenieuren aus der Entwicklungsabteilung war es gelungen, Musterstücke von besonders haltbaren Teilen für die Fahrzeugindustrie herzustellen, wofür es große Nachfrage gab. Alle Kräfte müssten sich dorthin bewegen. Plastikgeschirr für den Küchenbedarf sei nicht mehr als ein Nebenprodukt.

Auch im besten aller Fälle dürfe kein Stein mehr auf dem anderen bleiben. Ein Drittel der Belegschaft sei überflüssig.

Plütz verlor die Fassung. Das werde ich nicht zulassen, rief er. Niemand geht so mit meinen Leuten um. Für Ihre Ansichten ist hier kein Platz. Ich entziehe Ihnen mein Vertrauen.

Am selben Abend erlitt der alte Plütz einen Schlaganfall, von dem er sich nicht mehr erholen sollte.

19.

Ganz gegen seinen Willen kehrten Friedhalms Gedanken oftmals zu seiner verflosse-
nen Liebschaft zurück. Es war Zussi, dieser
robuste, gesunde Mensch, der sich selbst
gefiel, der die längste Zeit mit sich glücklich
und zufrieden war. Er vermisste sie.

Eine Weile schwankte er, dann überwand er
seine Bedenken und machte sich zu ihr auf
den Weg. Ihr Verlobter hatte sich aus dem
Staub gemacht. Nach der Geburt ihres Kindes, eines Jungen, war sie war eine Weile
arbeitslos, aber stets guter Dinge. Sie nahm
eine Reihe verschiedener Hilfsarbeiten an.
Niemals beklagte sie sich.

Wenn sie im Leben den Kürzeren zog, dann
hatte sie die Kraft, sich blitzschnell wieder
hoch zu rappeln. Sie war nicht nachtragend.
Und ihre für ihn unvorstellbare Fähigkeit zur
Leidenschaft, weil sie sich einer Sache hingeben konnte und auf jede Kontrolle verzichte-
te. Wie beneidete er sie!

Wie konnte am unteren Teil der Gesellschaft,
im Pech, bei den Verlierern, wie konnten da
Zufriedenheit, Gleichmut und Lachen zu
Hause sein!? Er begriff das nicht. Die Geldbeträge, die er aus seinen Taschen hervorzog,
wurden größer. Zussi ihrerseits erkannte
nicht, dass keine Forderungen damit verbunden waren. Einmal rutschte es aus ihr
heraus, Du bist ja doch nicht sein Vater und
es klang in seinen Ohren wie eine Wegwei-
sung.

20.

Neben der Produktion war der Abbau von Mitarbeitern zum zweiten Standbein des Betriebes geworden. Damit rückte Friedhalm ins Zentrum des Interesses.

Sein früherer Gegenspieler, der alte Plütz, ruhte schon ein Weilchen in der Familiengruft. Vom Bürgermeister abwärts hatten die lokalen Funktionärsgrößen geradezu hymnische Nachreden auf den Verstorbenen gehalten. Tugenden, wie hohe Gesinnung, tiefe Menschlichkeit und freier Unternehmergeist wurden angerufen; ausgerechnet jene Eigenschaften, mit denen der Betrieb beinahe in die Pleite geschlittert war.

Unter den Trauernden galt es als ausgemachte Sache, dass jetzt weit rauere und härtere Zeiten angebrochen seien. Umso ausgiebiger konnte der Verstorbene beweint werden.

Der Betrieb trug zwar immer noch seinen Namen, neuerdings mit dem kleinen Zusatz AG. Flimm saß im Vorstand und Friedhalm wollte demnächst kooptiert werden.

Sein Name war jetzt gleichermaßen bekannt wie gefürchtet. Wo immer er auftauchte, wich man ihm aus. Schon ein längerer Blick von ihm konnte dem solcherart Gemusterten eine unruhige Nacht mit existenziellen Angstträumen bescheren.

Man durfte sich keinen Illusionen hingeben: Der Stellenwert des Menschen hatte sich dem

Primat Kostenfaktor unterzuordnen und musste daher fortlaufend zurückgedrängt werden. Trotzdem konnte man niemals zufrieden sein, denn die einzelnen Beschäftigten waren höchst unberechenbare Wesen. Sie taten sich gerne mit ihresgleichen zusammen und bildeten dabei ganze Biotope vor sich hinwuchernder Arbeitsgebiete. Diese galt es auszudünnen, auszutrocknen und wenn solches nicht möglich war, so lange umzustrukturieren, bis Kosten gespart wurden. Diese Vorgangsweise wurde auch Gesundschrumpfung genannt, eine Art Hygienedienst an der menschlichen Gemeinschaft.

21.

Das Leben der erfolgreichen und engagierten Agnes war bereits mit dem ersten Kind in Schieflage geraten. Irgendjemand musste zu kurz kommen. Kam der Vater zu kurz, gab es eine Katastrophe. Kam das Kind zu kurz, gab es die Katastrophe mit einiger Verspätung. Kam die Frau zu kurz, gab es keinen, der sie vor dieser Katastrophe bewahren konnte. Einige Monate später trat das ein, was vorherzusehen war, wenn eine Frau wie Agnes rasch auf ihren angestammten Platz im Beruf zurückkehren möchte. Es wurmte ihren Ehemann, dass er nicht als alleiniger Ernährer anerkannt wurde. Es wurmte ihn noch mehr, dass seine Frau darauf brannte, tagsüber zu den Männern zurückzukehren, die ihre Karriere von Anfang an bestimmt hatten. Und es wurmte ihn am allermeisten, dass es Menschen gab, die seine Frau länger und in manchen Dingen besser kannten als er.

Während Agnes ihren seinerzeitigen Wiedereinstieg noch als Organisatorin für Motivationsseminare zelebrieren durfte und dabei unter anderem auch dem jungen Friedhalm begegnet war, liefen die Dinge zu Hause gar nicht gut.

Dort fanden, wie unter den zivilisierten Menschen üblich, besonders ernst gemeinte Versöhnungsversuche statt. Weil beide sich ganz ehrlich und nach Kräften bemühten, fielen diese sehr romantisch aus; nämlich so, wie sie es in ihrer Zweisamkeit lange nicht mehr erlebt hatten. Daraus ergab sich ein weiteres Kind, ein wahrer Brandbeschleuniger für den gemeinsamen Alltag.

22.

Das Regelwerk moderner Organisationen versagt in Familien, weil wir keine Regeln finden, die eingehalten werden können und weil das Nichtvorhersehbare im Stundentakt eintrifft. Kindergarten, Putzen, Kochen, Waschen, Arztbesuche fraßen unendlich viel Energie. Dinge vergessen zu haben, etwas verloren zu haben, mit einer Beule nach Hause zu kommen, plötzliches hohes Fieber mit Brechdurchfall, verlegte Sachen suchen,

Bockigkeit, grundsätzliche Verweigerung von Anweisungen oder ständiges Bitten und Flehen sind Parameter, die aus gutem Grunde bisher von keiner Managementtheorie aufgegriffen wurden, weil es nämlich dabei nichts zu delegieren gab. Das Einzige, was hier genutzt hätte, das wäre ein hilfreicher Beistand gewesen, ein grobes Unwort für den nach den Leitlinien der Effizienz ausgebildeten Menschen.

Neben allen erlittenen und erdachten Kränkungen war es diese Zwickmühle, die den Vater von Agnes´ Kindern spontan zur Entscheidung kommen ließ, ein gutes Stück aus diesem chaotischen Mikrokosmos hinaus zu treten, zur Rettung seiner selbst, wie er glaubhaft versicherte.

Mit der Kombination aus Schwangerschaft, Geburt, väterlicher Entfernung und persönlicher Enttäuschung wuchs in Agnes ein nahezu unstillbarer Bedarf nach Süßigkeiten und Alkohol. Damit ging ihre Karriere jetzt auch für jedermann sichtbar dem Ende entgegen. Immerhin waren ihre Kinder ganztägig in einem Internat untergebracht und somit voll versorgt.

23.

Den Wunsch nach einer eigenen Familie hätte man Agnes ja noch als Betriebsunfall nachgesehen, aber als sie mit einem zweiten Kind schwanger ging, begegnete man dieser nach den einfachsten Regeln des Managements sinnlosen Wiederholung mit blankem Unverständnis.

Das frühere Bild von ihr, das mit dem gegenwärtigen nur mehr wenig zu tun hatte, wirkte zwar noch immer nach. Ihre Kompetenz, die von ihrer hinreißenden Erscheinung umrahmt war, vermissten viele. Einer davon, der Aufsichtsrat, empfand dabei einen besonderen Verlust, den er gut zu verbergen wusste, weil er mit seinen ganz persönlichen Eitelkeiten zu tun hatte. Sein Geschöpf hatte nicht nur eine eigene Entscheidung, sondern gleich mehrere getroffen und die seinerzeitige Eifersucht lebte tief verborgen in ihm weiter. Das übertrug sich. Mit den Jahren dachten die Herren aus der Geschäftsführung der Bank, ohne sich darüber abgesprochen zu haben, das Gleiche über Agnes, nämlich von ihr mehrfach und schnöde im Stich gelassen worden zu sein.

Der Arbeitsplatz nach ihrer zweiten Rückkehr konnte demnach nur in einiger Entfernung vom Zentrum der Macht angesiedelt sein. Agnes wurde von ihrem Arbeitgeber für die Plütz AG mit besonderem Aufgabenbereich abgestellt. Eines Morgens erschien sie mit einem Anflug von Ringen unter den Augen. Beim Stiegensteigen musste sie wegen ihrer Fülle schon ein wenig ächzen. Schultern, Haare und Brüste hingen an ihr herab. Als Projektleiterin für Kostenverschlankung und Personalausdünnung bezog sie ein Zimmer neben Friedhalm.

24.

Die wirtschaftliche Lage der Plütz AG war sehr zufriedenstellend und die Gewinne sprudelten wie nie zuvor. Doch für den neu zusammengetretenen Aufsichtsrat war das Erreichte nicht mehr als eine Zahl von gestern.

Man müsse nach vorne blicken und sich für die Zukunft strategisch besser aufstellen. Ein neues Fitnessprogramm wurde dem Betrieb verordnet, jeder habe sich jetzt am Riemen zu reißen, die wirtschaftlichen Zeiten könnten sich bald wieder verdüstern; je nachdem würde ein Sturm oder eine lange Flaute bevorstehen. Auf alle Fälle sei höchste Anstrengung geboten. Gerade in den guten Zeiten müsse man daran denken, rechtzeitig abzuspecken.

Der Verwaltung wurde eine Zahlenreihe vorgegeben. Minus zehn Prozent im ersten Jahr, minus fünf in den beiden folgenden. Darüber hinaus sollten natürliche Abgänge nicht ersetzt werden. Gerüchte machten die Runde. Wo fielen die Entscheidungen, wer zum Speck zählte, wer nicht? Waren natürliche Abgänge Todesfälle am Schreibtisch oder auch Entnervte, die von selbst das Handtuch warfen? Oder betraf es nur die Pensionierungen?

Alle, die an den Bildschirmen im firmeneigenen Netz arbeiteten konnten, wenn sie nach ihrem Rauswurf kühlen Kopf bewahrten, dort binnen weniger Minuten sehr großen Schaden anrichten. Ein Kündigungsgespräch war aus taktischen Gründen nicht sinnvoll, also wurde der Computer des Ausgestoßenen einfach abgeschaltet und ein Hausarbeiter mit einem leeren Übersiedlungskarton zur Aufnahme der persönlichen Habe losgeschickt. Der weitere mündliche Kontakt reduzierte sich auf Modalitäten wie jene der Rückgabe von Schlüsseln und der Aushändigung eines Merkblattes über die gesetzlichen Abfertigungsansprüche und Fristen.

25.

Mitten unter Tag vom Netz genommen zu werden, wurde zum Alptraum aller Angestellten. Einmal hatte ein leitungsbedingter Stromausfall in einem Großraumbüro zu einem nicht ungefährlichen Aufruhr geführt. Verschiedentliche Schreie des Er-schreckens, derbe Kraftworte aus dem Munde ansonsten besonnener Mitarbeiter und erste Empörungsrufe hallten in den Ohren der Vorgesetzten nach. Da waren die Lichter längst wieder angegangen.

Der Vorstand bewilligte jetzt eilig die digitale Umstellung des gesamten Schließsystems. Jeder Mitarbeiter erhielt eine auf ihn programmierte Schlüsselkarte, die ihm nur noch den Zugang zu bestimmten Bereichen des Betriebsgeländes ermöglichten. Diese konnte mit den richtigen Eingabebefehlen in den Computer erweitert oder auch gelöscht werden. Das Zentrum dieser neuen Stabsstelle war bei Friedhalm angesiedelt. Vier hochqualifizierte Mitarbeiter wurden eingestellt, um das komplizierte System am Laufen zu halten.

Die Karten zeichneten zwangsläufig die Bewegungen ihrer Inhaber auf dem Betriebsgelände auf. So ließ sich zum Beispiel grafisch darstellen, wo innerhalb der Belegschaft ungewollte Kompetenz- oder Informationszentren zu wuchern begonnen hatten.

Alle Daten konnten in ihrer Gesamtheit wegen ihrer Menge niemals ausgewertet werden, sie wurden aber geordnet und für den Fall des Falles im großen Speicher der Firma abgelegt.

Die Leute vom Personalmanagement schäumten, als sie von diesen Möglichkeiten erfuhren. Für dieses Wissen fühlten sie sich alleine zuständig. Friedhalm hatte übersehen, dass er in direkte Konkurrenz zu ihnen getreten war.

26.
Für Agnes und Friedhalm ergab sich aus ihrer Gemeinsamkeit die Verpflichtung, ein neues Positionspapier zu entwickeln, das viel weiter gehen musste, als alles bisherige.

Die Damen der Telefonzentrale fühlten sich privilegiert und integriert. Jedermann im Betrieb kannte ihre Namen. Sie wussten über viele persönliche Dinge Bescheid. Sie hatten ständige Kontakte mit der Geschäftsführung. Und trotzdem verhallte ihr Aufschrei ungehört. Denn es funktionierte ohne sie auch sehr gut. Das gab den Ausschlag.

Die Personen hinter den Stimmen, die jetzt die Gespräche verbanden, lebten in einem anderen Erdteil, sie sprachen akzentfrei zu einem Fünftel der früheren Kosten. Ihre Stimmen vernahm man glasklar durch die Leitungen, nicht das geringste Knacksen oder Rauschen störte dabei.

Beschwerden oder Bitten wurden gleich behandelt. Ob der Anrufer es eilig hatte, ob er lästig oder unfreundlich war, die Stimmen klangen immer entgegenkommend und ausgeglichen. Ihre übergroße Geduld machte dann schon ein wenig stutzig. Sogar mit unsinnigen Anliegen konnte man hier noch einigermaßen gut behandelt werde. Selbst wenn man triftige Gründe für sein Begehren anführte, änderte das nichts. Diese unbekannten, überaus höflichen Menschen hatten zwar unendlich viel Geduld, aber die an sie gestellten Fragen konnten oder wollten sie nicht beantworten.

Zu guter Letzt stellte sich heraus, dass diese Art von Langmut ein sehr harter und hoher Wall war, gegen den der Einzelne nichts ausrichten konnte. Der Anrufer war in eine lebende Endlosschleife geraten.

27.

Als Verbündete in ihrem ersten gemeinsamen Erfolg standen Agnes und Friedhalm in der leeren Telefonzentrale. Die Leuchtdioden waren erloschen. Ein beschädigter Kopfhörer mit Mikrofon lag am Tisch. Erste Anzeichen von Staub zeigten sich auf den glatten Oberflächen. An einem der Garderobehaken hing ein Damenschal, von dem ein süßlicher Geruch ausging. In einer halb geöffneten Lade Reste von einer Trockenblume, daneben eine Büroklammer.

Die Welle des Erfolges trug Friedhalm näher heran und Agnes wich nicht zurück. Die Erfolgszahlen standen sich Aug in Aug gegenüber.

Friedhalm sah in Agnes immer die Frau, die mit vielerlei Intimitäten der Geschäftsführung vertraut gewesen war, den gefallenen Engel aus den Höhen der unmittelbaren Macht. Er war ganz begierig, von ihr zu lernen.

Agnes war von ihrem Wesen ein durch und pragmatischer Mensch. Ihren Mann betrachtete sie rückblickend als schweren außerbetrieblichen Unfall. In ihren persönlichen Verhältnissen hatten es fast immer große Übereinstimmungen zu ihrem Beruf gegeben. Als Studentin war sie in den Studienkollegen verliebt, mit dem sie gerade an einem Projekt arbeitete. Und es war ja auch irgendwie logisch, wer ihr gefiel, der imponierte ihr insgesamt. In ihrer persönlichen Hingabe war sie diskret, zielgerichtet und erfolgsorientiert. Sie hatte eingesehen, dass ihre Zeit in der Geschäftsführung, als ihr die Männer zu Füssen lagen, vorbei war. Vorerst einmal. Sie wusste, es würde länger dauern als beim ersten Mal. Aber sie würde wieder kommen.

Sie kam zunächst bei Friedhalm und erlaubte ihm, einige ihrer verborgenen Muttermale zu küssen. Das löste bei ihm neue, äußerst gewagte Gedanken zur Effizienz aus. In ihrer beider Übereinstimmung überdachten sie grundsätzlich alle Positionen und Funktionen der Plütz AG, sie berechneten anders und gruppierten neu, sie warfen zusammen oder schoben um.

Danach gab es überhaupt kein Halten mehr. Sie verringerten, strichen, glätteten, verlagerten, bereinigten, strukturierten neu, dass einem dabei schwindeln konnte; lauter kleine Menschen purzelten aus dem Arbeitsprozess heraus. Eine große Bereinigung war in die Gänge gekommen.

28.
Das Rad der Zeit hatte weiter an Schwung zugelegt. Die Bilanzsumme der Plütz AG war in die Höhe geschnellt, jetzt lautete die Devise „Fit für den Weltmarkt". Die Konkurrenz

drohte von überall. Schon der Hinweis auf ein Hochtal in einem fernen Erdteil genügte, um den eigenen Standort in Frage zu stellen. Maschinen und Produktionsstraßen konnten jederzeit dort zusammengebaut werden, wo man sich höhere Gewinne bei weniger Qualität erwarten durfte.

Der Vorteil solcher wirtschaftlicher Umpflanzungen war für den einzelnen Bürger nicht immer gleich zu erkennen. Umso öfter betonten die Betreiber, dass es gerade der kleine Mann sei, der den größten Nutzen daraus ziehen könne. Als Beweis für die Stärkung der Kaufkraft dienten die Ramschläden, die neuerdings an allen Ecken Billigware anboten, wie sie es in dieser Menge bisher nicht gegeben hatte.

Die Auftragsbücher waren übervoll. Tag und Nacht, auch Sonn-und Feiertags spuckten die Pressen Kunststoffteile wie Stoßfänger, Armaturenbretter, Bedienungsknöpfe und Schalter aus.

Mit einigem Aufwand gelang es Friedhalm und Agnes, noch weiteren Ballast abzuwerfen. Ein Sicherheitsdienst ersetzte den Portier. Der Zaun um das Betriebsgelände wurde erhöht und eine Beleuchtungsanlage mit Überwachungskameras installiert. Tag und Nacht patrouillierte ein Hundeführer mit seinem Tier.

Danach wurden Lager und Fuhrpark von einer Logistikfirma übernommen, die nahe dem nächsten Autobahnkreuz, etwa eine

Viertelstunde entfernt, ihren Hauptsitz hatte. Der dahingeschmolzenen Belegschaft wurden die immensen Vorteile ausführlich dargelegt. Kein halbes Jahr später erfolgte die Auslagerung von Teilen des Rechnungswesens und der Buchhaltung. Friedhalm durfte bei der Betriebsversammlung feierlich verkünden, dass die Existenz des Werkes damit für die nächste Zeit gerettet sei.

29.

Es hatte sich als äußerst zweckmäßig erwiesen, dass Agnes den Vorstand Flimm persönlich auf dem Laufenden hielt, denn er war einflussreich und ein Mann, der seine Entscheidungen nicht auf die lange Bank schob. Rückfragen gab es in solchen Fällen so gut wie keine mehr. Agnes war auch nicht entgangen, dass Flimms Interessen unter anderem auch ihr ganz persönlich galten. Es dauerte einige Arbeitsessen mit lösungsorientiertem Ansatz, bis die beiden miteinander handelseins geworden waren.

Als er eines gemeinsam entspannten Abends die Gegend ihrer Leibesmitte nachdenklich betrachtete, kam ihm der Gedanke, welche bedeutende Auswirkung eine ihm besonders nahestehende zentrale Koordinationsstelle haben müsste. Und wer außer Agnes sollte besser dafür geeignet sein? Zugleich ließ sich damit dem beidseitig eröffneten Informationsfluss ein offizielles Mäntelchen umhängen.

Friedhalm bemühte sich immer öfter vergeblich ab, zu den immer spärlicher werdenden Gelegenheiten ihren Muttermalen nahe zu kommen. Sie tat das zumeist mit ihrem Lachen ab. Viel zu selten geriet er an ihren geöffneten Mund. Der heiße Atem kam und ging, während beider Zähne aneinander stießen.

Von konvulsivischen Vorgängen bekam er kaum mehr etwas mit. Etwas verschwand aus ihm. Auf welchem Wege, das blieb ungewiss. Ihr Knurren dabei ging ihm nicht aus dem Kopf. Kein Versprechen. Kein Wort zuviel. Die kleinen spitzen Messerchen waren auch wieder da und rotierten auf seinen Schulterblättern. Ihre Gefühle waren eben so und nicht anders. Es passte bei ihr und er konnte von ihr lernen. Eines davon war ihre Effizienz, von der es nie genug geben konnte. Den Süßigkeiten hatte sie mittlerweile ihren Abschied erklärt. Im Fitnessstudio arbeitete sie hartnäckig an ihrer Figur. Die Umrisse ihrer Erscheinung erinnerten wieder an frühere Zeiten.

30.

Ein aufrechtes Fähnlein von Arbeitern der Plütz AG schuftete mit einem Grimm und einer Verbissenheit, als gelte es, so lange weiter zu machen, bis auch der letzte Mann umgekippt oder in den Wahnsinn gefallen war.

Friedhalm merkte, dass er mit seiner Metho-
de an Grenzen stieß. Und Agnes war jetzt fast
immer außer Haus. Auf Flimms besonderen
Wunsch war die neue Koordinationsstelle für
strategische Ausrichtung mit ihr besetzt.
Was hatte sie, was er nicht hatte? Ihre
Sichtweise und ihr Selbstverständnis hatte
sie von der Bank als Eigentümervertreter
mitgebracht. Das machte ihre Haltung zu
bestimmten Dingen so schwer verständlich.
Auch Flimm war ein Mann der Bank, er war
ihr näher, die Achse mit ihr drängte sich geradezu auf. Währenddessen wartete er noch
immer, in den Vorstand kooptiert zu werden.
Gab es hier überhaupt noch einen Vorstand
außer Flimm? Wer außer ihm traf die Entscheidungen?
Die Antwort dazu fiel ihm nicht ein, weil sie
mit seiner Begehrlichkeit verstellt war. Sowie
Agnes im Büro auftauchte, meldete sich eine
innere Stimme, die um Wiederholung bettel-
te. In allen ihren Bewegungen sah er eine
Lust, von der er unverständlicher-weise aus-
geschlossen blieb.
Er hörte sie über Transformationen sprechen
und von der Übersiedlung der Entwicklungsabteilung in ein Land, in dem es keinen nen-
nenswerten Absatz gab. Finanztechnische
Gründe wären dafür ausschlaggebend. Während er sich nach der Exklusivität ihrer verborgenen Muttermale verzehrte, entglitt ihm
etwas. Agnes und noch mehr. Besonders
schwer ihm, zu begreifen, dass in ihrer zent-

ralen Koordinationsstelle kein Platz mehr für
ihn vorgesehen war.
Zu allem Überdruss bekam er eines Tages
mit, dass die alten Produktionsmaschinen in
Übersee anlaufen sollten. In einem fernen
Hochtal, einem Hoffnungsmarkt, von dem
sich die Plütz AG erwartete, kurzfristig Erträ-
ge zu erzielen.

31.
Man sprach von Schockwellen, die über die
Länder hinwegzogen. Springfluten aus den
Meerestiefen dienten als Namensgeber. Mete-
oriteneinschläge, Erdbeben, tektonische Ver-
schiebungen. Polsprünge und Klimakata-
strophen reichten nicht aus, um zu beschrei-
ben, was eigentlich geschehen war.
Angesichts der Größe und Komplexität der
Krise verblassten alle erwirtschafteten Re-
kordgewinne. Die Wirtschaftsführer blickten
nicht mehr stolzgeschwellt auf das abgelau-
fene Jahr zurück, nein, sie verneigten sich
vor der Krise, die göttlich-gleich über ihren
Häuptern schwebte.
Das große allgemeine Debakel wurde zum
Mysterium erhoben, dem sich jedermann in
gutem Glauben unterwerfen konnte. In den
Gesprächen und Gedanken war die Krise all-
gegenwärtig.
Es bedurfte auch keiner umständlicher Er-
klärungen mehr. Das einfache „Sie müssen
verstehen" legitimierte die sofortige Beendi-

gung eines Arbeitsverhältnisses. Egal, ob
Kinder zu versorgen waren oder Kredite zu
tilgen. Die vorhergegangenen fünfzehn, zwanzig oder mehr Arbeitsjahre taten auch nichts
zur Sache.

Friedhalm war jedes Mal erstaunt, welches
Verständnis die einfachen Leute für diese
Lage entwickelten. Niemand zweifelte, niemand widersprach. Es schien, als hätten sie
auf diese Sätze geradezu gewartet. Die Muskeln in ihren Gesichtern zuckten nicht mehr,
wenn das erlösende Wort gefallen war. Ihre
Arbeitsplätze waren in den Jahren zuvor so
oft gerettet worden, dass der endgültige Verlust geradezu von einem Gefühl der Erleich-
terung begleitet wurde.

Zwar sprangen Einzelne in ihrer Verzweiflung
später aus den Fenstern, wälzten sich in
Glassplittern, schluckten Säure oder schütte-
ten sich brennende Flüssigkeiten über den
Körper. Was sie auch immer mit sich selbst
anstellten, es reichte nicht, um die vermisch-
ten Tagesmeldungen in den Zeitungen zu
verlassen. Sie waren die unbeachteten Hel-
den der Arbeit ihres Zeitalters, die Einzel-
kämpfer und Sichselbstbeschädiger. Denn
die politischen Seiten und die Wirtschaftsbei-
lagen waren mit weit wichtigeren Themen als
Menschenschicksalen befasst. Dort ging es in
jedem Absatz um viele Milliarden, um unvor-
stellbar große Geldbeträge, die dem begieri-
gen Publikum fortwährend eisige Schauder
über den Rücken jagten.

32.

Dort, wo guter Rat teuer wird, dort rankt sich
die Spezies der Beratungsfirmen um die
höchsten Fabrikschlote und darüber hinaus.
Das weltberühmte Institut des Professor
Prekedevic konnte sich der Anfragen aus aller Herren Länder kaum erwehren. Sein Namensgeber galt nämlich als Weiser unter den
emeritierten Weisen, er saß auf einem Berg
von Information, den niemand überblicken
konnte und keiner mehr verstand.
Die Plütz AG pochte auf ihre traditionell guten Verbindungen und gab eine Studie in
Auftrag, wie die strategische Ausrichtung des
Unternehmens beschaffen sein sollte. Sämtli-
che Standorte, die Umsätze und alle Mitarbeiter sollten einer gründlichen Prüfung un-
terzogen werden. Diese Daten wurden mehrere Wochen lang durch den Computer gejagt,
der seinerseits mit streng geheimen Formel-
werken auf sie zugriff, sie dabei mehrmals
häckselte und wiederum hochrechnete.
Während dieser ungemein komplizierten Vor-
gänge musste es jemanden gegeben haben,
dem Friedhalms Name aufgefallen war. Es
konnte sich dabei um Prekedevic oder Uzelac
gehandelt haben; eine kleine Erinnerung
huschte vorbei, dann ein schneller, ärgerli-
cher Strich mit dem Bleistift oder ein Antip-
pen der „Löschen"-Taste und Friedhalm war
aus der Liste verschwunden.
Zwischen Textbausteinen und Tabellen gut
versteckt und von einer Reihe von Bedingun-

gen und Konjunktiven umrahmt, attestierte die Expertise der Plütz AG aber durchwegs intakte Zukunftschancen.

33.

Eine erfolgverheißende Nachricht wie diese musste fast zwangsläufig in einer beispiellosen Kündigungswelle gipfeln. Sie schwappte diesmal bis in den letzten Winkel des Unternehmens hinein. Gerade ein paar Dutzend Mitarbeiter blieben davon verschont. Sie ahnten nicht, dass eine lenkende Hand sie mit Bedacht ausgewählt hatte, um eines fernen Tages sogar das Stammwerk der Plütz AG zu demontieren oder auszuschlachten. Ehe die Verbliebenen Atem schöpfen konnten, kam auch schon der nächste Paukenschlag. Der Firmensitz samt Vorstand war in ein steuerschonendes Alpenland transferiert worden. Friedhalm war von alledem völlig überrascht. Wo die internen Positionspapiere in ganz eindeutiger Sprache die Umwälzungen längst angekündigt hatten, verstellten ihm verborgene Muttermale den Blick. Warum war ihm keine Rolle dabei zugedacht? Die Sache war von größter Bedeutung. Wie man es auch drehen und wenden mochte, ein professioneller Kartenspieler hätte in dieser Lage sein Blatt auf den Tisch fallen lassen und ein Schachspieler seine Figuren zusammengeschoben. Nur Anfänger und Stümper versuchten, bis zum bitteren Ende durchzuhalten.

Unter den ähnlichen Bedingungen hatte er es oftmals beobachtet: Die meisten taten, als hätten sie nichts bemerkt und machten einfach weiter wie bisher. Er aber würde kämpfen und den Nachweis erbringen, dass es ein großer Fehler gewesen war, ihn von diesen Entscheidungen ferne zu halten.

In der Nacht musste ihn ein seltsamer Krampf gepackt haben, als Folge einer tiefen Beunruhigung, die von ihm Besitz ergriffen hatte. Langsam wurde er wach. Die Erinnerung an die Flut der auf ihn einstürzenden Bilder und Gefühle ließ ihn zwar äußerlich ruhig daliegen und auch seine Atemzüge gaben keine besondere Anzeichen von Erregung zu erkennen; ihm war, als tanzte er wie ein Korken über Stromschnellen und Wasserfälle dahin.

Er sah sich durch die Gischt auf und nieder tanzen, sein Betrieb als Abenteuer, als Fluss, der alle Augenblicke seine Strömung ändert, der sich aber insgesamt den Weg selbst durch Berge von Gestein brach.

34.

Sie passte überhaupt nicht zu ihm und auch nicht zu der allgemeinen Lage, diese Prallheit nahe seiner Leibesmitte. Wie sollte er, derart entstellt, eine sachliche Anweisung geben? Seine Blöße war nicht die Nacktheit an sich, sondern ihre Verhülltheit, das vergrößerte Darunter, welches ganz eindeutige gedankliche Schlüsse zuließ; nämlich, dass seine persönliche Verfasstheit rein gar nichts mit seiner beruflichen Tätigkeit zu tun haben konnte. Er durfte nicht zulassen, dass sich ein solches Gerücht gegen ihn verdichtete. Da konnte er noch so lange argumentieren, aber wie zum Teufel sollte er Sachlichkeit einfordern, wenn er selbst zu dieser ganz offenkundig nicht in der Lage war?

Seine mittige Verhärtung war nach seinem eigenen Bilde einfach zu plump, zu derb, zu vordergründig; sie widersprach auch seiner inneren Einstellung zum Arbeitsbetrieb. Jeder differenzierte Zugang zur Sache musste vor allem ohne dieser Unbiegsamkeit auskommen, die aus ihm hervorgewachsen war. Zielorientiertheit bei effizientem Vorgehen war das oberste Gebot der Stunde. Und Flexibilität in den einzelnen Schritten, ohne dabei die Richtung aus den Augen zu verlieren. Schließlich ging es da nicht um ihn selbst, sondern um das Gedeihen eines ganzen Organismus´, eines Industriebetriebes, der sich fortlaufend aufteilte, spezialisierte und über den Erdball ausgebreitet, immer wieder erneuerte.

Zwischen Stehen und Sitzen war für ihn keine gute Entscheidung zu treffen. Beides blieb höchst unbequem. Also lehnte er sich in seinem Drehsessel zunächst einmal weit zurück.

Da fing es plötzlich an, wie mit vielen kleinen
Messerchen um seine Schultern herum zu
stechen und zu brennen.

35.
Völlig unerwartet war Agnes, einen Um-
schlag in Händen, bei ihm eingetreten. Es
hatte nie ein Zweifel für ihn bestanden, dass
sie in der Lage war, Situationen mit einem
Blick zu erfassen.
Es ist nicht so, wie man denken könnte, sagte er aus Scham über seinen offensichtlichen
Zustand. Seine Stimme klang belegt. Dann
verstummte er.
Als ob sie nie daran gedacht hätte, ihm Antwort zukommen zu lassen, entledigte sie sich
mit einem Griff eines kleinen, sehr elasti-
schen Kleidungsstückes. Mit der anderen
Hand drückte sie ihn tiefer in seinen Dreh-
stuhl. Ihre weiteren Zureichungen, wie das
Öffnen seines Zippverschlusses, nahm er aus
größtmöglicher innerer Entfernung wahr. Ihr
Stoss, ihre Wildheit, ein Biss, ein Knurren,
ein Rollen und Grunzen, ein kehliger Schrei,
Zusammensinken, ein fanatischer Blick, die
feuchte Stirne für eine Sekunde an die seine
gelehnt. Als Mutter zweier halbwüchsiger
Kinder hatte sie sich ihm gegenüber diesmal
sehr schlecht benommen.
Die ganze Zeit hatte er jetzt das Ziel seiner
wochen- und monatelangen Sehnsüchte, ihr
Muttermal, direkt vor seinen Augen. Aber

Friedhalm litt doppelt und dreifach. Weil er
außer Atemstößen diesmal nichts empfand,
weil er gegenüber seinem eigenen Bild hilflos
war und weil er wusste, dass ihm niemand
Glauben schenken würde.
Er sah auch schon voraus, dass die Flecken
auf seiner Hose, die, wie er meinte, ja doch
nicht die Seinen waren, ihn den ganzen Tag
begleiten würden.
Das mitgebrachte Schriftstück über die Be-
endigung seines Arbeitsverhältnisses hatte
sie eingangs auf seinem Schreibtisch abgelegt.

36.
Sein erster Gedanke war, einige Antworten
von ihr einzufordern. Er stand auf, doch er
machte nur ein paar Schritte hin und her.
Der Brief lag geöffnet auf seinem Schreibtisch, unterzeichnet von Agnes, die jetzt im
Vorstand saß. Ihm fielen Schauergeschich-
ten über Strangulierte und deren Gefäßver-
engungen ein, die man als Gefühlsverwirrt-
heiten deuten konnte. An seinem äußeren
Zustand hatte sich so gut wie nichts geändert.
Wem konnte er sich anvertrauen? Die Ingeni-
eure der Entwicklung, mit denen er sich
einstmals gut verstanden hatte, arbeiteten
tausend Kilometer entfernt. Die Personalstel-
le war stark dezimiert in einem fernen Ge-
bäudeteil untergebracht. Es war sich nicht

sicher, ob er dort überhaupt eingelassen würde. Seit der Einführung der Schlüsselkarte war man ihm dort mit Misstrauen begegnet.

Die Kontrolle über die Schließanlage hatten jetzt die Leute vom Sicherheitsdienst übernommen, sie waren ja auch Tag und Nacht anwesend.

Es gab viel zu tun. Eine Menge Kostenfaktoren liefen noch herum. Solange es Menschen gab, war Sparpotential vorhanden.

Aus Sicht der Effizienz wäre es auch an der Zeit, die Verwertung von Teilen der Liegenschaft anzudenken. Vielleicht würde man auf ihn hören. Eine Projektgruppe sollte sich der Dinge annehmen und ein Konzept erstellen.

Auf seinen Wegen durch das leere Gebäude kam er an dem früheren Großraumbüro vorbei, wo die verstaubten Bildschirme noch in Reih und Glied aufgestellt standen. An ihrer Stelle könnten Trainingsgeräte eines Fitness-Studios stehen. Die Gegend war seinerzeit, während der Hochkonjunktur, ziemlich begehrt gewesen. Heute kam es auf eine kluge Präsentation an. Ein Wohnbauprojekt war im Bereich des Möglichen, ein Park oder ein Kulturzentrum.

Er würde die Vorschläge zusammenfassen und präsentieren. Schließlich war es nicht zuletzt sein Zutun, dass die Dinge diesen Verlauf genommen hatten.

37.

Ihre Karte bitte.

Vor ihm stand einer vom Sicherheitsdienst, gute einmeterneunzig groß. Bisher waren diese Leute in seinen Augen ein notwendiges Übel gewesen. Nach und nach hatten sie die Herrschaft über die leeren Stockwerke an sich gezogen.

Die Karte bitte.

Friedhalm händigte seine Schlüsselkarte aus. Der andere steckte sie an sein Lesegerät. Dann hielt er ihm das Display hin.

Sie haben Alarm ausgelöst. Ihre Karte läuft ab.

Das muss ein Irrtum sein. Sie kennen mich. Ich war es, der das Schließsystem eingeführt hat.

Sein Gegenüber musterte ihn. Jetzt hatte er wohl auch seine Unpässlichkeit bemerkt. In Zeiten, wo die Konjunktur eine Delle nach der anderen abbekam, war eine Ausbuchtung schlicht und einfach unangebracht. Das machte keinen guten Eindruck. Friedhalm bemühte sich, seinem Gegenüber mit betonter Sachlichkeit zu begegnen.

Der gesamte Leerbestand soll überprüft werden. Auf seine mögliche Nachnutzung.

Was reden Sie da?

Ich spreche auch von diesem Objekt. Die Bausubstanz ist in Ordnung. Die Lage ist günstig. Wir prüfen die Eignung als Büro oder Zinshaus.

Der Mann schien überrascht.

Wer hat diesen Unsinn erzählt? Nächste Woche werden in den oberen Stockwerken Schlafstellen für Arbeiter eingerichtet. Sie kommen mit dem Bus über die Grenze und werden am Wochenende zurückgebracht.
Friedhalm hatte das Gegenteil von dem erreicht, was er eigentlich wollte. Der Mann war misstrauisch geworden.
Begleiten Sie mich in die Zentrale.
Jemand war von hinten herangetreten und schob ihn nach vor. Sowie er ein wenig dagenhielt, wurde ihm sein Arm auf den Rücken gedreht. Also ließ er sich in den Teil des Gebäudes führen, wo er sonst nie hinkam.
Am Korridor, wo der Sicherheitsdienst seinen Standort hatte, hatte sich eine Zimmertüre geöffnet und ein Kopf streckte sich entgegen. Je näher er kam, umso vertrauter erschien er ihm. Für eine Sekunde blickte er geradewegs in das Gesicht von Zussi.
Sie hatte ihm zugenickt.
Was tust Du hier, hätte er sie gerne gefragt, aber da waren sie schon vorbei.

38.
Nach der Überprüfung ging es geradewegs in Friedhalms Büro. Sein Begleiter hatte eine Liste aller Einrichtungsgegenstände dabei.
Der Karton ist für Sie.
Während Friedhalm zu überlegen begann, was nun wirklich seine ganz persönlichen Sachen waren, während er also langsam ein-

61

zuräumen begann, versuchte er, sich das
Gesicht des Riesen gut einzuprägen. Es war
aufgedunsen, in seinen Zügen vermochte er
nicht mehr als Sturheit zu lesen. Nein, die-
sen Aufstand der Schwarzstiefeln durfte er so
nicht hinnehmen.
Laptop und Handy bitte hier hinein.
Dafür gab es sogar ein eigens vorbereitetes
Säckchen samt Innentasche.
Sein Versäumnis war es gewesen, einen Kostenfaktor wie diesen Menschen nicht rechtzeitig eliminiert zu haben. Ein Termin mit
Flimm war dringend nötig.
Verraten Sie mir Ihren Namen?
Der Mann wies auf den Aufdruck seines
Overalls.
Das hier ist mein Firmenname. Wenn Sie fertig sind, rufe ich ein Taxi für Sie.
Nicht nötig.
Er setzte schon an, zu sagen, ich bin mit
dem eigenen Wagen hier. Da fiel ihm ein,
dass ihm dieser Mensch zu guter Letzt auch
noch die Einfahrtsgenehmigung abknöpfen
würde. Gestern hätte ein einziges Wort von
ihm genügt und sein Gegenüber wäre weg
vom Fenster gewesen und zwar für alle Zeit.
Nein. Wenn es nach ihm ginge, dann blieb
sein Wagen vorerst einmal hier. Er könnte
ihn ein andermal abholen. Vielleicht schon
morgen oder übermorgen.
Er sollte es darauf ankommen lassen. Und
siehe da, sie waren nicht allwissend, sie
dachten nicht mal mit. Sie taten einfach das,

was vor ihnen jemand andrer ausgedacht
hatte und was ihnen nachher aufgetragen
wurde. Dass ein Mensch aus freien Stücken
sein Auto zurücklassen könnte, war schwer
vorstellbar. Also stand es nicht auf der
Checkliste.

39.
Es war früh dunkel geworden. Friedhalm
ging mit dem Karton auf der Schulter ein
Stückchen, gerade so weit, bis er sich außerhalb des Lichtkegels befand, der die Einfahrt
mitsamt dem Schranken ausleuchtete. Von
dieser Seite hatte er die Plütz AG noch nie
betrachtet. Ein weitläufiges, ziemlich leerge-
räumtes Areal, einzig der meterhohe Zaun
war neu. Außer Sichtweite, hinter mehreren
Gebäudeecken verborgen, war das Brummen
von Lüftungs-aggregaten, von Kühlung und
sonstigen Maschinen zu vernehmen.
Er stellte seinen Karton neben dem Zaun ab,
magisch angezogen von der neuen Perspekti-
ve, die sich ihm bot. Etliche der Wohnhäuser,
die das Fabrikgelände umgaben, gingen auf
die Initiative der Firmengründers zurück. Im
Zuge der Rückbesinnung auf die Kernkompe-
tenzen des Unternehmens waren die Häuser
mit seiner Hilfe an einen Investor verkauft
worden. Das damalige Gezeter der Mieter
hatte er noch im Ohr. Die dicht geparkten
Autos verrieten, dass viele Familien noch hier
lebten. Die Gebäude waren allesamt in die

Jahre gekommen, alles in allem sah es eher nach bescheidener Lage aus. Aber die Verkehrsanbindung war gut, das Stadtzentrum nicht weit, er war sich sicher, dass es hier Zukunftspotential gab.

Wie konnte es geschehen, dass die Effizienz, für die er eintrat, bei Plütz keine Rolle mehr spielen sollte? Ohne fortwährende Kostensenkungen war es nur eine Frage der Zeit, bis die Firma zusammenbrechen würde. Welcher vernünftige Mensch konnte eine solche Entscheidung treffen?

Wo also lag der Fehler? Wenn das Werk geschlossen wurde, dann liefe er Gefahr, überflüssig zu werden.

War es schon so weit?

Die Tagelöhner und Leiharbeiter machten den Unterschied. Diese Leute wurde man schnell wieder los. Wenn der Bus nicht mehr fuhr, dann war einfach Schluss. Dagegen machte sich sein Kostenreduktionsprogramm wie eine Summe vieler kleiner Nadelstiche aus.

Konnte ein solch radikaler Gedanke von Agnes kommen? Er zweifelte daran.

Nachher ging er den Zaun entlang wieder zurück, dorthin, wo er den Karton abgestellt hatte. So sehr er nach ihm suchte, er fand ihn nicht mehr.

40.

Die Art der Behandlung, die ihm zuteil ge-

worden war, begann wie ein betäubendes Gift
zu wirken. Auf welche Weise sollte er jetzt
nach Hause kommen? Wie ohne Handy ein
Taxi rufen?

Friedhalm lief die Gehsteige neben den geparkten Autos auf und ab. Kein Mensch kam
ihm entgegen. Als er wieder in Sichtweite der
Einfahrt zum Plützschen Firmenimperium
war, sah er die Lichter einer Gaststätte.

Er blieb gleich an der Theke stehen, bestellte
einen Kaffee, zahlte und bat um ein Taxi.

Das Lokal war ungefähr zur Hälfte besetzt.
Fast schien ihm, als wäre es bei seinem Eintreten stiller geworden. Bald stieg die Laut-
stärke der Männerstimmen wieder an. Fixier-
te ihn da jemand? Alles nur Einbildung. Das
hier war ein gewöhnliches Gasthaus in einer
ehemaligen Arbeitersiedlung, wo es wie üblich ziemlich laut zuging.

Der Kaffee war bitter, er ließ die Hälfte unge-
trunken und trat ins Freie, um dort auf das
Taxi zu warten.

Die Eingangstüre fiel ein weiteres Mal zu.
Jemand hatte nach ihm das Lokal verlassen.
Dieser Jemand blieb ein Stück hinter ihm
stehen und sagte, ich weiß, wer Sie sind, was
suchen Sie hier?

Ich warte auf mein Taxi.

Hier laufen viele herum, die früher bei den
Plütz-Werken beschäftigt waren. Geben Sie
auf sich acht.

Mittlerweile hatten einige Männer die Gast-
wirtschaft verlassen. Sie riefen.
Ist er es?
Macht Euch selbst ein Bild.
Was sucht der hier?
Er getraut sich, hier aufzutauchen.
Ein Angetrunkener war ihm ganz nahe ge-
kommen.
Du erinnerst Dich an mich. Vor drei Jahren
habt ihr meine Arbeitspartie gestrichen. Ein-
fach so.
Dabei fuhr er mit seiner Hand durch die Luft.
Ja, genau so war es. Du schuldest mir was.
Friedhalm erkannte keinen der Männer wie-
der.
Leuten wie ihm verdanken wir, dass alles den
Bach runtergegangen ist.
Friedhalm hatte Worte wie diese oft gehört.
Solche Vorurteile durfte er nicht unwider-
sprochen lassen.
Plütz schreibt heute Gewinne. Sonst gäbe es
die Firma nicht mehr. Niemand macht sich
diese Entscheidungen leicht. Am wenigsten
die Geschäftsführung. Sie hat versucht, die
Leute bis zuletzt zu halten. Aber es gibt Be-
rechnungsgrundlagen. Die Parameter werden
eingegeben und nach einiger Zeit ist das Ergebnis da. Die Sprache der Zahlen ist eindeu-
tig. Das ist wie eine Operation. Sie haben
keine Wahl. Kein vernünftiger Mensch kann
sich den sachlichen Notwendigkeiten entzie-
hen.

41.

Seine trefflich gewählten Worte bewirkten, dass einer der Herren die sachliche Notwendigkeit empfand, ihm in die Körpermitte zu treten. Damit endete jene auffällige Verfasstheit, die ihn die längste Zeit des Tages beeinträchtigt hatte, endgültig. Nun ging ausgerechnet von jener Stelle das Gefühl eines übergroßen Schmerzes aus, wobei er nicht wusste, wo genau er seine Hände hintun sollte. Er hörte sich stöhnen, statt über die rapide gestiegenen Lohnstückkosten und die verfallenden Weltmarktpreise zu sprechen. Leider reichte die Luft in seinen Lungen dazu nicht mehr aus.

Ein Taxi kam die Straße herunter und verlangsamte das Tempo. Der Fahrer erblickte anstelle des erwarteten Fahrgastes eine Herrenrunde mit dem schmerzgekrümmten Friedhalm in ihrer Mitte. Der Mann im Taxi bekam es mit der Angst zu tun, er trat das Gaspedal durch und fuhr mit quietschenden Reifen davon.

Nun war der Wirt vor die Türe getreten, sah die Gruppe und rief, Schluss mit dem Lärm, geht jetzt nach Hause.

Wir gehen ja schon.

Friedhalm wurde ein Stückchen weiter gedrängt. Bei jedem Versuch, um Hilfe zu rufen oder sich gegen die eingeschlagene Richtung zu widersetzen, bekam er einen deftigen Knuff. Als das Grüppchen an einer Stelle angekommen war, die besonders abgelegen und dunkel war, machte es halt.

Die handelnden Personen hatten mit Schlägereien eigentlich nichts am Hut. Auch waren sie längst nicht mehr so kräftig wie früher. Doch sie machten ihrem Unmut Luft. Leider wussten sie nicht, wann es genug ist.

Von allen Seiten prasselte es auf Friedhalm nieder, dass er einige Male stürzte und sich heftig anschlug. Bald war er auf beiden Ohren taub, ein Auge geschwollen, die vorgeschobene Unterlippe aufgeplatzt. Eine tiefe Schramme leuchtete von seiner Stirne, Knie und Hände waren aufgeschürft. Sein Mund war voll Blut, denn er hatte sich mehrmals in die Zunge gebissen. Als er merkte, dass wieder alleine war, schleppte er sich zur nächsten Straßenkreuzung. Er spürte kleine Zahnsplitter in seinem Mund. Staubig, mit zerrissener Hose und lädiertem Sakko kauerte er am Gehsteigrand und verschreckte mit seinem Erscheinungsbild einen Fußgänger, der einen weiten Bogen um ihn schlug.

Erst ein Hundebesitzer auf seinem abendlichen Rundgang sah sich mit Friedhalm konfrontiert. Das Tier hüpfte angesichts des am Gehsteig Hockenden wie toll an der Leine auf und nieder, es bellte, jaulte und winselte, dass es nur mehr eine Frage der Zeit sein konnte, wann das erste Fenster aufgehen würde. Also rief der Mann von seinem Handy den Notruf an.

42.

Mit dem Eintreffen des Krankenwagens hatte
Friedhalms Aufenthalt im Purgatorium sein
jähes Ende gefunden. Eine kurze, aber wag-
halsige Fahrt mit Blaulicht brachte ihn unter
Höllentempo zu einem kleinen Intermezzo in
elysische Gefilde. Helfende Hände entkleide-
ten ihn, er wurde durchleuchtet, gewaschen,
genäht und verbunden. Da haben Sie nochmals Glück gehabt, hörte er eine Männerstimme sagen. Wenig später lag er, in saube-
re Tücher gewickelt, auf einer Intensivstati-
on.

Das Schmerzmittel, das in seine Vene tropfte,
half ihm dabei, sich pudelwohl und etwas
benommen zu fühlen. Solchermaßen um-
sorgt, sank trotz er der ungewohnten Umgebung mehrmals in tiefen Schlaf.

Doch schon am nächsten Nachmittag hieß es
Abschied nehmen, denn er wurde in ein gewöhnliches Sechsbettzimmer verfrachtet, in
dem außer ihm bereits zwei weitere Patienten
lagen.

Der eine war ein Motorradfahrer, der bei seiner letzten Ausfahrt auf dem feuchten Stra-
ßenbelag ausgerutscht und in die Leitplan-
ken gekracht war. Man hatte ihn bis zum
Hals eingegipst, was ihn aber nicht daran
hinderte, über den Verlust seiner Maschine
untröstlich zu sein. Der zweite Patient war
ein Pensionist, der beim spätherbstlichen
Baumschnitt mit der Leiter ins Rutschen gekommen war und sich dabei fast das Genick

gebrochen hatte. Nun waren Arm und Schulter fixiert, er konnte sich nicht bewegen und seine Lunge rasselte bei jedem Atemzug.

Noch vor dem Abend traten zwei Polizisten in Zivil an Friedhalms Krankenbett, der sich an nichts mehr erinnern wollte. Mit seiner zerbissenen Zunge war die Verständigung ohnehin nur eingeschränkt möglich. Da ihm außer der Krawattennadel ein Manschettenknopf und die Armbanduhr abhanden gekommen waren, einigte man sich darauf, dass Friedhalm jener ausländischen Räuberbande zum Opfer gefallen war, die seit Wochen in der näheren Umgebung ihr Unwesen trieb.

43.

Am nächsten Morgen dämmerte er ein Weilchen vor sich hin. Später starrte er die leeren Betten an. Das Personal war indes mit vielerlei Aufgaben beschäftigt. Es lief emsig hin und her, telefonierte, Türen flogen auf und zu, einer rumorte hier, ein anderer klapperte dort.

Als er sich an diesen Zustand gewöhnt hatte, schickte sich eine Horde angehender Jungärzte an, mit Fieberthermometern, Blutdruckmessgeräten, Spritzen und Kanülen die Patienten in Unruhe zu versetzen. Einmal stieß die Reinigungsfrau die Besenstange mit voller Wucht gegen sein Bett, sodass er mit einem Laut aus dem Halbschlaf hochfuhr. An längeres, friedliches Dahindösen war nicht mehr zu denken. Zur Zeit der Nachmittagsruhe wurde eines der leeren Krankenbetten ausgetauscht, wobei ihn schon das metallene Einschnappen der Räderfixierungen zusammenschrecken ließ. Besucher hielten ihre Nase zur Türe herein, dann wieder vergaß jemand, die Türe zu schließen und der Luftzug machte, dass ein Kippfenster mit tiefem `Wumm´ zuklappte.

44.

Sooft Friedhalms geschwollene Zunge über den zerklüfteten Zahn streifte, tat es schrecklich weh. Er war des Privilegs verlustig gegangen, ein Akutfall zu sein und sollte einige Tage auf seine Behandlung in der Zahnabteilung warten.

Die Klarheit seines Ausdrucks hatte sehr gelitten. Weil er die genähte Unterlippe beim Reden zu spitzen versuchte, um sie möglichst wenig zu bewegen, konterkarierte seine Mimik den Sinn seiner vorgebrachten Worte bis hin zum Paradox. Es schien, als ob er sich bisweilen über sein Gegenüber lustig machen wollte. Das missfiel vor allem den Stationsoberen, die von ihren Patienten ein höfliches `Ja´, `Danke´ und `Gut´ gewohnt waren. Friedhalm erlebte das Ritual der Visite mit dem Primar als Hauptdarsteller, den Assistenzärzten als Paladine, die ihm Krankengeschichten reichten oder aus ihnen rezitierten.

Immer einen Schritt voraus war eine höhere Krankenschwester, die den Namen des jeweiligen Patienten vorflüsterte, nachdem sie ihn vom Täfelchen mit dem Fieberdiagramm am Fuß des Bettes abgelesen hatte. Der Hintergrund des Raumes wurde vom wissbegierigem medizinischen Nachwuchs gefüllt.

Friedhalm gefiel die geschliffene Dialektik des Primars, mit der er die Krankengeschichten dazu verwendete, seine Mitarbeiter gnadenlos abzuprüfen. Da haben Sie noch mal Glück gehabt, meinte er abschießend zum Patienten, als Zeichen, dass der ganze Tross ans nächste Bett weiter ziehen durfte.

45.

Die Schmerzen von den Prellungen wurden heftiger. Selbst kleine Bewegungen konnte unvermutet sehr wehtun. Er war verzweifelt. Sobald er die Augen öffnete, hatte er links und rechts die unbenutzten Leintücher vor sich. Was für eine Vergeudung! Welche Ineffizienz!

Er lallte.

Der zusammengeflickte Motorradfahrer blieb die Antwort schuldig. Der Mann mit der kaputten Lunge rasselte ein paar Atemzüge lang schneller.

Wie war es möglich, dass vor aller Augen die Hälfte des Potentials brach lag? Unfälle hin oder her, schließlich musste es Mittel- und Näherungswerte geben. Hier herrschten die

Gesetze der Vergeudung und des Stillstandes. Ein vernünftiger Mensch konnte unter diesen verkehrten Verhältnissen gesund werden.

Es ist zum Besten für Sie.

Seine Unruhe fiel auf.

Endlich wurde der Zahn repariert, die Wunden begannen langsam abzuheilen, die Schmerzen jedoch blieben.

Friedhalm, dem jede Bewegung seines Kopfes schmerzte, wehrte sich heftig gegen eine neuerliche Durchleuchtung, die als Abschlussuntersuchung gedacht war.

Sie haben nochmals Glück gehabt, verabschiedete sich der Primar und überließ Friedhalm den Kollegen von der Neurologie. Die hatten gerade eine Subvention für einen wissenschaftlichen Feldversuch erhalten.

46.

In diesem entscheidenden Moment wäre es Friedhalm gut angestanden, auf eine Reihe äußerst taktloser Fragen mit der größtmöglichen Geduld zu antworten.

Aber wie sollte einer, der immer wieder in Panik geriet, wenn er an seinen früheren Beruf dachte, an seine momentane Ineffizienz und an die verwirrende Situation bei Plütz, die er zurückgelassen hatte, wie sollte so einer kühlen Kopf bei dreisten Provokationen bewahren?

Einmal kochten seine Emotionen hoch, beim
nächsten Mal zeigte er sich widerborstig.
In seiner labilen Verfasstheit wechselten sei-
ne kognitiven Fähigkeiten im Stundentakt.
Fühlen Sie sich beobachtet?
Reine Zeitvergeudung. Was geht Sie das an?
Könnten Sie jemanden verletzen?
Er spitzte den Mund, tss.
Haben Sie mit jemandem eine offene Rech-
nung?
Eine? Nur eine?
Eine mächtige Türe war zugefallen und
Friedhalm merkte es nicht. Ein ausgesuchtes
Team von Neurologen begann sich mit Fried-
halms Zuständen akribisch auseinanderzu-
setzen. Er bekam Schmerzmittel und dazu
verschiedene Medikamente, die ihn friedlich
und mitteilsam machen sollten. Die Welt war
in Watte verpackt. Mangels Alternativen zeigte er sich zusehends gesprächiger. Der
Damm war gebrochen, als er von Prekede-
vic´s Weltgesetzen, der Notwendigkeit von
Effizienz, von Zweckmäßigkeit und vom Ein-
sparen zu reden begann.

47.
Selbst den hochwertigen Erzeugnissen der
Industrie wohnt ein Ablaufdatum inne. Gera-
de das Auto, Heiligtum des nachaufgeklärten
Menschen, ist den Verfallserscheinungen be-
sonders unterworfen, wenn wir ihm nicht

unablässig die nötige Fürsorglichkeit zukommen lassen.

Friedhalms edle Karosse setzte zunächst ein
paar Wochen lang Staub an, schließlich wurde bei Plütz AG gearbeitet und dabei auch
einiges in die Luft geschleudert. Ein vorwitzi-
ger Zeigefinger malte mehrfach die Buchsta-
benkombination aus S, A und U auf Fenster
und Türen. Ein Vögelchen spazierte über das
Dach und hinterließ seine Spur. Der rechte
Hinterreifen wurde ein Stückchen breiter,
weil das Ventil gelockert war. Eines Morgens
fehlten das Firmenzeichen am Kühler und
der Schriftzug am Heck. Wenige Tage später
waren die Kennzeichentafeln abmontiert.
Dann ging es schnell: Über Nacht stand das
Auto auf Ziegelsteinen aufgebockt und seiner
Räder entledigt da. Eine Woche darauf war
der Wagen unversperrt. Lenkrad und Naviga-
tionsgerät hatten neue Besitzer gefunden.
Die Vordersitze, später beide Stoßstangen
und auch die Kotflügeln mitsamt den
Scheinwerfern kamen auf unerklärliche Weise abhanden.

Als ein Abschleppdienst gerufen wurde, um
das Fahrzeugwrack zu entfernen, da schau-
kelte die große Limousine besonders leicht
am Kran. Teile ihrer Innereien unter der Mo-
torhaube waren von kundigen Händen unbemerkt ausgebaut worden.

Anhand der Fahrgestellnummer wurde
Friedhalm von der Abschleppfirma ausfindig

gemacht und eine geharnischte Rechnung auf seinen Namen ausgestellt.

48.

Während es Friedhalm weder an Nachschub mit Kalorien, noch mit Vitaminen und Spurenelementen fehlte, tat sich ein wesentlicher Mangel an ganz anderer Stelle auf.

In seinen ganz persönlichen Belangen, soweit überhaupt welche vorhanden waren, hatte er es bisher vermieden, einem Menschen seine unmittelbare Nähe zu gewähren. Er fühlte sich wohl dabei, frei und unabhängig zu sein. Die meisten seiner Jahre hatte er für sich alleine gelebt. Es gab viele gute Gründe, niemandem den Wohnungsschlüssel anzuvertrauen. Also existierte auch niemand, der sich in seiner Abwesenheit um seine persönlichen Interessen kümmern konnte.

Auf Anraten der Bank hatte er vor langer Zeit für sein Konto einen Abschöpfungsauftrag einrichten lassen. Nun waren seine Abfertigung, der ausbezahlte Urlaubsanspruch und die Gehaltsfortzahlung bis zum Kündigungstermin auf diesem Konto eingegangen. Zum Monatsende wurde es auf null gestellt und der verbliebene Betrag auf sein Sparbuch überwiesen. Dort sollte es bei weniger als einem Prozent Verzinsung in größtmöglicher Sicherheit ruhen.

Es war daher nur eine Frage von wenigen Monaten, bis die Abbuchungen von Miete,

Strom, Heizung, Telefon, Rundfunkgebühr, Versicherungen, Zeitungsabonnements und verschiedenen Mitgliedsbeiträgen seinen Überziehungsrahmen sprengten. Weil er aber noch niemals in Gefahr gekommen war, sein Konto zu überziehen, hatte er für einen solchen Fall nicht mit der Bank verhandelt. Folglich wurde ihm der Höchstsatz berechnet. Das waren 14% Zinsen.

Danach ging ein wahres Gewitter von Zahlungserinnerungen, harschen Aufforderungen plus Gebühren plus Mahnspesen plus Kündigung des Kontos auf seinen Namen nieder, ohne dass er etwas davon bemerkte. Der Bank war es nämlich aus Gründen der gebotenen Diskretion nicht gestattet, die finanziellen Differenzen bei ein- und demselben Kunden zu erkennen, geschweige denn sie von sich aus auszugleichen. Ohne dezidierte Willenserklärung des Kontoinhabers war da nichts zu machen.

49.

So hatte es ganz seine Richtigkeit und Ordnung mit Friedhalms Bank, während sich sein Postkasten mit ihren Zahlungsaufforderungen füllte. Auch mehrere Anzeigen wegen Schnellfahrens waren eingetrudelt. Die späteren eingeschriebenen Rechnungen, Mahnungen und Rechtsanwaltsbriefe konnten ohnehin nicht persönlich zugestellt werden.

Dementsprechend war seine Eingangstüre mit Benachrichtigungen bepflastert.

Alle weiteren Mahnspesen, Anwaltskosten, Inkassokosten und Gerichtskosten vervielfältigten die ursprünglichen Forderungen binnen kürzester Zeit, während Friedhalm im Dienste der Wissenschaft und seiner seelischen Gesundheit in aufwendigen Untersuchungsreihen sein Bestes geben sollte.

Die Wohnungstüre wurde aufgebrochen. Jemand vergaß, das Wasser abzudrehen. Der Nachbar unterhalb rief nach Feuerwehr und Polizei. Damit begann sich ein Fristenlauf in Bewegung zu setzen, der sich durch verschiedene Ämter wand und zuletzt an das Bezirksgericht führte. Ein Sachwalter wurde bestellt, ein honoriger Mann, der sich sogleich der Angelegenheit in der allerbesten Weise annahm, indem er sich eine Honorarnote ausstellte. Der Mann arbeitete zwar etwas umständlich, aber penibel und korrekt auf Stundenbasis. Zu jedem seiner Schritte machte er genaue Aufzeichnungen. Die an Friedhalm gerichteten Forderungen erfüllte er auf Punkt und Beistrich.

Als seinem Klienten wegen eines besonderen Tempoexzesses der Führerschein entzogen werden sollte, wurde er zum ersten Male stutzig. Die Polizei begann Ermittlungen aufzunehmen, weil sie ihn aufgrund der gefundenen Kennzeichentafeln verdächtigte, an einem Banküberfall beteiligt gewesen zu sein. Diesmal erkannte der gute Mann scharfsichtig, dass dem nicht so sein konnte und er sorgte unter Beihilfe eines teuren Rechtsanwaltes, dass das Verfahren gegen seinen Schützling beendet wurde.

Der Wasserschaden, der von Friedhalms Wohnung ausgegangen war, fiel nicht mehr unter die Deckungspflicht der Versicherung, weil die letzten Zahlungen nicht mehr angekommen waren. So geschah es, dass Friedhalms Vermögen in kürzester Zeit bis auf einen winzigen Rest zusammengeschmolzen war. Der Lohn dafür blieb ihm nicht verwehrt: Seine Ehre als voll geschäftsfähiger Mitbürger war intakt geblieben. Alle Außenstände in seinem Namen waren bis auf Heller und Pfennig zurückbezahlt.

Niemand wagte eine Prognose, wie lange Friedhalms Aufenthalt im Spital dauern würde. Also geschah es zu seinem Besten, dass seine teure Wohnung so schnell wie möglich aufgelassen wurde. Die Entrümpelungsfirma nahm gegen einen Pauschalpreis gleich alles mit und so landeten ein paar Designerstücke beim Altwarenhändler und im Abfall.

Im bestmöglichen Zusammenwirken aller Kräfte war endlich aller Ballast abgeworfen und der gegenständliche Teil von Friedhalms Existenz auf das Wesentliche zusammengeschrumpft: Seine Dokumente fanden in einem kleinen Köfferchen Platz. Darüber hinaus verfügte er über zwei Taschen mit Bekleidung, in die er nicht mehr hineinpasste, weil er von den Tabletten und dem erzwun-

genen Bewegungsmangel stark zugenommen
hatte.

50.
Nach bald sechs ereignisreichen Monaten
war die neurologische Untersuchung abgeschlossen. Friedhalm galt als einer der best-
untersuchten Menschen seiner Zeit und fand
unter dem Pseudonym `Fall Friedhelm´ Ein-
gang in die wissenschaftliche Literatur. Bei
einem zu seiner Ehre einberufenen Symposi-
um setzte sich die Erkenntnis durch, dass er
so normal war, wie eben ein Mensch heutzutage normal sein kann, was nach der langen
Untersuchungsreihe als besonders bemerkenswert galt.
Die Behandlung war damit abgeschlossen,
das Interesse an ihm erloschen. Friedhalm
war mit einem Mal kein Patient, sondern ein
lästiges Anhängsel, dessen Begutachtung
reine Zeitvergeudung war. Schon deshalb
musste dafür gesorgt werden, ihn möglichst
schnell loszuwerden.
Er bekam auch keine Tabletten mehr. Die
Watte zwischen ihm und der Außenwelt löste
sich auf.
Der Sachwalter hatte sein Werk beendigt und
legte dem Gericht seine Schlussrechnung
vor. Diese wurde amtlich besiegelt und
Friedhalm ausgehändigt. Der schrie laut auf.

Meine Wohnung, mein Geld, wohin sind meine Sachen verschwunden? Das kann nicht mit rechten Dingen zugegangen sein!
Der diensthabende Arzt wurde gerufen.
Hilfe! Man hat mich bestohlen! Bis aufs Hemd!
Haben Sie einen Verdacht?
Eine große Verschwörung! Ein freches Kriminalstück! Ich erkenne jetzt, wer aller zusammengeholfen hat. Und die obersten Handlanger zu diesem Verbrechen spazieren hier unbehelligt ein und aus!
Friedhalms Gegenüber ließ sich nicht so schnell ins Bockshorn jagen.
Der pure Zorn stieg in Friedhalm hoch und es platzte aus ihm heraus. Und wenn ich das nicht auf sich beruhen lasse? Wenn ich mir die ganze Bagage vornehme? Jeden Einzelnen? Und zwar der Reihe nach. Keiner soll hoffen dürfen, dass er von mir verschont bleibt. Ich finde schon die richtigen Wege. Man wird mir Rechenschaft legen müssen.
Was wollen Sie tun?
Friedhalm machte eine eindeutige Handbewegung.
Er will uns täuschen, dachte der Arzt. Das kennen wir schon.
Friedhalm mochte toben und drohen, soviel er wollte. Seine Bescheinigung, völlig normal zu sein, war wissenschaftlich abgesichert.
Kein Mensch konnte dagegen zu berufen.
Selbst wenn er eines Tages Amok laufen sollte, würde Friedhalm zu den unspektakulären

Tätern zählen, für die sich die Neurologie
nicht zuständig fühlte, weil ja bekanntlich in
jedem Menschen verborgene Untiefen steckten, die nur auf eine ganz bestimmte, die
auslösende Situation warteten.
Verzweiflung befiel Friedhalm. Ich habe nicht
mal mehr ein Dach über dem Kopf. Wo soll
ich hingehen, wenn ich entlassen werde?
Na also. Aus dieser Richtung wehte der Wind.
Ausnahmsweise bekam Friedhalm ein Mittel-
chen, das ihn für ein paar Stündchen selig
entschlummern ließ.

51.
Still und heimlich wurde Vorsoge getroffen,
dass Friedhalm seinem weiteren Schicksal
nicht alleine überlassen blieb. Ein Sozialar-
beiter hatte ihm eine Schlafstelle in einem
Wohnheim besorgt. Er begleitete ihn auch
auf das Arbeitsamt.
Es war Frühling geworden. Die Menschen
liefen wieder mit offenen Kragenknöpfen
durch die Straßen.
Der Mann vom Arbeitsamt erklärte ihm,
Friedhalm habe gerade besonderes Glück.
Nach seiner langen Krankheit sei für ihn ein
guter Neubeginn in Aussicht, denn eine seri-
öse Firma erweitere gerade ihren Wirkungs-
bereich und stelle dafür besonders fähige
Leute ein. Erforderlich wären Verlässlichkeit,
Geschicklichkeit, Genauigkeit, Teamfähig-
keit, Flexibilität und Organisationstalent.

Überdies werde eigenverantwortliches und selbstständiges Arbeiten verlangt. Die nötigen beruflichen Utensilien würden vom Arbeitgeber kostenlos beigestellt, was heutzutage keineswegs üblich sei.

Außerdem befinde er sich in allerbester Gesellschaft. Seit gestern habe er der Firma einen Soziologen, drei Philosophen, einen Chemiker, zwei Historiker und einen Numismatiker vermittelt.

Der Chef selbst wäre Byzantiniker, er mache über sein Bildungsniveau aber wenig Aufhebens.

Zu einer solchen einmaligen Chance konnte Friedhalm einfach nicht nein sagen. Bereits wenige Stunden später steckte er im Overall der Firma „Der grüne Ibrahim", ausgerüstet mit Abfallsack und Greifzange.

52.

Seine neue Tätigkeit stellte sich als körperlich anstrengend heraus, vom intellektuellen Standpunkt war sie hingegen höchst abwechslungsreich. Kein Tag der Arbeitswoche verstrich ohne neue Erkenntnisse und Einsichten. Immer wieder gab es kleine Geschehnisse, die Anlass für interessante Auseinandersetzungen auf höchstem Niveau boten.

Friedhalm erlebte am Montag einen erbitterten Streit unter den Historikern. Seine Gruppe befand sich in einem Park, der zu fürstlichen Zeiten angelegt worden war. Dabei ging es um die Frage, ob die Anordnung der Buchsbaumhecken dem Barock oder einer vorhergehenden Periode zuzurechnen sei.

Am Dienstag veranlasste der Fund einer blutige Spritze den Soziologen zu einem Vortrag über das Drogen- und Sozialmilieu in den umliegenden Distrikten.

Am Mittwoch stießen die Männer auf ein überfahrenes Eichhörnchen. Das wiederum führte die Philosophen zu langwierigen Disputen, ob denn das Eichhörnchen vor oder nach seinem Tode glücklicher gewesen sei.

Der Chemiker beteuerte ihm donnerstags, am Geruch der Exkremente zu erkennen, was denn so ein Hund als letztes gefressen hätte. Dazu bot er ihm einen Schluck aus seiner Schnapsflasche an.

Der Numismatiker freute sich am Freitag über eine seltene irische Münze, die ein ferngereister Zeitgenosse verloren haben musste.

53.

Da wollte auch Friedhalm seinen Beitrag leisten und er begann nachzudenken, wie die Kostenfaktoren am effizientesten gesenkt werden könnten. Bei einer der gemeinsamen Essenspausen legte er seine Gedanken dar. Er entwarf einen Gürtel mit Reifen, an dem ein Müllsack befestigt werden konnte, der von der Hüfte seines Trägers offen herunterhängen sollte. Dadurch bekäme dieser die

zweite Hand für eine zusätzliche Greifzange
frei, womit die Arbeitsleistung auf Anhieb um
gut fünfundzwanzig Prozent gesteigert werden könne.
Ein stechender Schmerz, ausgehend von seinem rechten Ohr durchzuckte ihn. Die Greifzange des Soziologen hatte sich böse in ihn
verbissen. Vor seinen Augen tauchte jetzt
auch noch die Greifzange eines der Philosophen auf, die nach seiner Nase schnappte.
Friedhalm sah ein, dass er seine Vorschläge
am falschen Ort vorgestellt hatte und zog sie
mit dem Ausdruck seines Bedauerns zurück.
Zur Erinnerung blieb ihm ein wundes Ohr,
das bald zu eitern begann.

54.
Eines Morgen wurde sein Putztrupp in einer
Straße abgeladen, die zu beiden Seiten von
Rasenflächen mit Kastanienbäumen gesäumt
war.
Der Numismatiker verzog sein Gesicht und
bemerkte, die Gegend stinke geradezu nach
Geld. Hier ließe kein Mensch eine Münze fal-
len, ohne sie nicht gleich wieder aufzuheben.
In der Ferne sah Friedhalm einen Erker, der
ihm bekannt vorkam. Ein solcher gehörte
nämlich auch zur Villa Prekedevic und sein
Herz begann zu klopfen.
Er trat näher.
Das Haus war neu hergerichtet, der Dachbo-
den ausgebaut. Zur Gartenseite hin gab es

einen modernen Zubau, an den sich ein Wintergarten anschloss. Der hohe Eisenzaun war restauriert und glänzte im schwarzen Lack.

Eine Böschung war ganz offensichtlich weitgehend ausgehöhlt worden, zwei riesige Garagentore kündeten von den umfangreichen Grabarbeiten in Erde und Fels, die hier stattgefunden haben mussten.

Hinter den Hecken vernahm er das Plätschern eines Brunnens. Wenn er genau durch die Äste spähte, konnte er das Vorhandensein eines Teiches vermuten.

Psst! zischte es aus dem Gebüsch. Ein Mann mit einem abgebrochenen Zweig in der Hand lächelte ihm zu.

Friedhalm tat einen Schritt zurück.

Sie, Herr Professor?, entschlüpfte es ihm.

Der Professor kicherte.

Ha, man hat mich erkannt.

Und ob! Band Zwei: Das Weltgesetz vom Kostenfaktor.

Kommen Sie mit.

Friedhalm ließ Greifzange, Handschuhe und Müllsack fallen.

Es gab ihn noch, den Seiteneingang.

Kommen Sie. Ich will mit ihnen einen ernsthaften Disput führen.

Sie erreichten den Teich mit dem Springbrunnen und kamen an einem Stein mit einem Blumenbeet vorbei.

Was bringt der grüne Saubermann, vernahm er eine weibliche Stimme. Sie gehörte der Frau des Professors.

86

Der ebenerdig gelegene Seiteneingang zur
Villa stand offen. Die Räume waren zwar sa-
niert, aber es roch immer noch feucht. In-
nerhalb der Mauern war es sehr dunkel,
denn die Fenster waren von den umstehen-
den Büschen beschattet. Jetzt nahm er die
Umrisse der Frau wahr.
Sie wohnen hier!?
Wir rücken zusammen. Kinder brauchen
Platz. Kinder werden erwachsen.
Sie bestand fast nur mehr aus Knochen über
die sich eine dünne Pergamenthaut spannte.
Ihre Zartheit vertrug sich schlecht mit der
Lebensfreude und der Neugier, die aus ihren
rot unterlaufenen Augen hervorblitzte.
Er war es. Ich habe es mit eigenen Ohren
gehört.
Sei still.
Gesagt ist gesagt. Wir müssen noch mehr
zusammenrücken. Er hat uns wieder ge-
droht. Er lagert uns aus.

55.
Auf einer Anrichte stand ein Foto mit einer
Gruppe von drei Kindern, von Zwillingen mit
kleinen Raubvogelschnäbeln und einem dritten, das so gar nicht dazu passte. Es musste
wohl eine Aufnahme anlässlich eines Ver-
wandtenbesuches sein.
Etwas daran machte Friedhalm betroffen,
ohne dass er zunächst wusste, warum. Das
dritte Kind zog seine Blicke auf sich, es war

beinahe einen Kopf größer, also vielleicht
zwei oder drei Jahre älter als die Zwillinge.
Die Kopfform, der Hals, die ganze Gestalt war
ihm keineswegs fremd. Hatte er einen ähnlichen Jungen auf alten Fotografien nicht
schon einmal gesehen? Einsamkeit und
Angst blickten ihn an.
Was, ich will sagen, wer ist das?
Die alte Prekedevic trat vor ihn hin. Sie lach-
te nicht mehr.
Es war ein Unfall. Sie haben Experimente
gemacht. Die beiden trifft keine Schuld. Sie
waren zu klein. Niemand hätte ihn retten
können. Wir reden nicht darüber. Ewiges
Grübeln macht krank, sagt der Arzt. Ein fal-
sches Wort kann Unglück ins Haus bringen.
Das müssen wir vermeiden.
Wie lange ist das her?
Macht es einen Unterschied, ob es gestern
oder vor zwanzig Jahren geschehen ist?
Sie sah ihn fest an.
Schluss damit. Wir sind jetzt wieder fröhlich.
Ist das klar?
Wo bleiben Sie denn! So kommen Sie endlich
und kratzen Sie mir den Rücken, rief der Pro-
fessor.

56.
Kratzen Sie fester! Die Mehrheit hat mich
immer falsch verstanden. Das ist bitter. Ich
habe die Dinge so nie gesagt. Falsch verstanden ist nicht verstanden. Schlecht gelaufen,

Missverständnisse, absichtliche Verkürzungen, Fehlinterpretationen. Die wissenschaftliche Welt ist unvollkommen.
Wir alle waren von Ihnen fasziniert. Ihr Rat war überall gefragt. Mit dem Gesetz vom Kostenfaktor sind Sie in der ganzen Welt berühmt geworden!
Das war ich schon vorher.
Ich erinnere mich so gut, als ob es gestern gewesen wäre.
Nein, nein und nochmals nein!
Prekedevic wandte sich seiner Frau zu.
Er weiß sehr wenig. Er ist nicht auf dem Laufenden.
Der Schwiegersohn war es, erklärte sie.
Ja. Uzelac. Der Schwiegersohn. Ich wollte es zunächst nicht glauben.
Er sah vor sich hin, als spräche er mit sich selbst.
Sie fallen über Dich her und beanspruchen es für sich. Plagiate! Alles Plagiate! Wer bestimmt, was ein Plagiat ist? Der Stärkere! In dieser Disziplin herrscht das Faustrecht. Ich habe alle meine Funktionen zurückgelegt und mich aus den Geschäften zurückgezogen. Mit mir ist es aus.
Er wandte sich wieder zu Friedhalm. Was haben Sie beruflich gemacht?
Wir hatten einige große Erfolge. Mit Plütz AG.
Der alte Plütz! Hatte mit ihm eine Zeitlang öfter zu tun. Ich kam immer gut zurecht.
Denke noch heute an ihn.

Wir hatten die Produktionskosten jederzeit im Griff. Exakt nach Plan. Nach ihrem „Weltgesetz vom Kostenfaktor".

Lassen Sie das.

Aber es hat uns geholfen. Mehr als alle anderen Berechnungsmodelle.

Und was treiben Sie jetzt, lassen Sie mich sehen, kommen Sie näher. Ibrahim. Hmh. Super- oder Saubermann? Klingt supranational.

Europabezogen, beeilte sich Friedhalm. Immer auf der Suche nach dem verborgenen Einsparungspotential.

Ich erinnere mich an sie. Sie waren damals voller Ehrgeiz.

Letzten Endes ist jedermann ein Kostenfaktor!

Das ist der eine Teil.

Wo kann es da noch einen zweiten geben?

Und ob. Der Professor wurde lebhaft. Ich habe eine Überraschung für Sie. Mein Gedanke geht völlig ins Neue. Das Konzept ist geradezu revolutionär! Diesmal lasse ich es mir nicht abluchsen. Eher verbrenne ich es, als dass es dem Falschen in die Hände fällt. Sie wissen, wen ich meine?

Mit einem Schlag erschlafften seine Schultern.

Aber nicht heute. Sie müssen mich überzeugen. Ich bin nicht sicher, ob Sie mich verstehen. Ich muss vorsichtig sein. Wir werden ein andermal darüber sprechen.

Friedhalm fuhr herum. Es meinte, einen
Hauch von saurer Milch im Zimmer bemerkt
zu haben. Angst befiel ihn.
Nicht aufhören. Kratzen Sie mich! Woran er-
innern Sie sich noch?
An das Minuswachstum.
Verrückte Zeit.
Ich war achtzehn. Ihre Essays haben mir die
Augen geöffnet. Ich erkannte, was in der Welt
vor sich ging.
Ach was. Keiner wollte meine Gedanken zu
Ende hören. Verstehen Sie. Einen Gedanken
zu Ende hören. Es musste sein. Man hat
nicht auf mich gehört.
Wie bitte?
Machen wir uns doch nichts vor.

57.
Ja, so ist´s recht. Habe mich lange nicht so
gut gefühlt. Sie besitzen das Zeug zu einem
tüchtigen Masseur.
Vielleicht ist er der Richtige, meinte die Frau.
Keine schlechte Idee! Ich hätte selbst darauf
kommen müssen! Werden Sie mein Assistent!
Lassen Sie sich überzeugen, stimmte die
Frau des Professors ein und ihre Äuglein
funkelten. Sie begleiten uns einfach!
Sie beabsichtigen zu übersiedeln, Herr Professor?
Hier ist kein Bleiben für mich. Er hat mich
aus dem Unternehmen gedrängt. Ich habe
keinen Einfluss mehr. Dieses Haus ist mir

fremd geworden. Meine Frau und ich, wir
haben beschlossen, unser Schicksal in die
Hand zu nehmen.
Friedhalm spürte, wie sich der Körper des
Professors spannte.
Wenn meine Tochter mit diesem Menschen
nicht verheiratet wäre, ich hätte ihn vernich-
tet.
Seine Frau unterbrach ihn.
Beruhige Dich. Wir werden ganz von vorne
beginnen. Wo sind denn nur die Papiere?
Hier sind sie. Stadt der Senioren. Da gehen
wir hin. Wir wollen uns eines von diesen
Häuschen kaufen. Mit dem, was uns geblieben ist.
Der Professor nickte grimmig.
Möglichst weg von hier, auf nach Transkapitalien. Dort sind wir vor ihm sicher. Er weiß
nicht alles, der Kerl. Ich habe Rücklagen, an
die kommt er nicht heran.
Friedhalm schwindelte.
Ich werde dort ungestört arbeiten. Die Gedanken zu meinem letzten großen Thema
sind schon geordnet. Aufbau und Abfolge
befinden sich genau hier. Genau da, in meinem Kopf! Jedes Wort, jedes Argument hat
seinen Platz.
Seine Frau blickte aus einiger Entfernung
herüber.
Er schläft zu wenig. Die Unruhe treibt ihn
aus dem Bett. Im Finstern findet er nicht
mehr zurück und ich muss nach ihm suchen.

Mich stört das Licht! Und im Morgengrauen zeigen sich die Dinge in ihrer ganzen Kälte. Darum arbeite ich am besten vor Mitternacht, lange bevor es hell wird.

Ich habe Angst, dass ihm was zustößt, wenn er draußen nachts herumläuft. Erzähl ihm, was mit Deinem Garten geschehen ist. Prekedevic war empört.

Er hat mir meinen Kraftplatz weggenommen. Und was hat er daraus gemacht? Eine Wasserlacke. Garstig! Mit grünem Schlamm obenauf!

Er meint den Teich, ergänzte seine Frau, Sie sehen ja selbst, wie es um uns steht. Sie dürfen nicht nein sagen! Mein Mann braucht Menschen, denen er vertrauen kann. Die ihm helfen, seine Sache weiter zu bringen.

Hier fehlt mir die nötige Unterstützung. Es mangelt an allem und jedem. Glauben Sie mir, ich führe ein armseliges Leben! Friedhalm kratzte den Alten.

Haben Sie Papier? Bringen Sie mir nächstes Mal viel Papier mit. Und Stifte.

Die Frau des Professors machte ein paar Schritte hinter Friedhalm und sagte zu ihm: Er hat mir seine Gedanken verraten. Wenn es gelänge, sie festzuhalten! Hier hat er zu viele Feinde. Sie blockieren seine Kräfte.

Prekedevic nickte. Ein Tag ist wie der andere. In Transkapitalien hat meine Rente noch ihren Wert. Es wird uns an nichts fehlen.

Die Stimme seiner Frau wurde eindringlich und leise. Sie sprach schnell. Manchmal ver-

gisst er ein kleines, ein unbedeutendes Wort.
Dann weiß er nicht mehr weiter. Ich sehe,
wie er danach sucht, wie es ihn völlig durch-
einander bringt, wie er sich quält, wie er sich
dabei aufregt. Wenn er so weitermacht, fällt
er eines Tages tot um.
Wir sollten bald die Koffer packen, brummte
Prekedevic.
Die Alte kam Friedhalm mit ihrer Seite näher.
Sie haben ihr Versprechen nicht eingelöst.
Friedhalm wusste nicht, wohin er den Kopf
wenden sollte.
Sogar das Papier hat er mir weggenommen!
Nächstes Mal bringe ich welches mit, Herr
Professor.

58.
Zwei junge Männer mit Raubvogelnasen wa-
ren eingetreten. Der Professor und seine Frau
sahen zu Boden.
Was suchen Sie hier? Wer hat Sie eingelas-
sen?
Ich kenne den Herrn Professor seit langer
Zeit.
Es gibt keinen Professor.
Prekedevic machte sich klein.
Doch, doch. Ich habe bei ihm studiert. Es ist
beinahe dreißig Jahre her.
Er ist kein Professor. Er musste den Titel zu-
rückgeben und das Amt zurücklegen. Alt ist
er geworden.

Nicht mehr ganz auf der Höhe der Zeit!

Wie reden Sie über ihn?!

Soll er selbst die Antwort geben.

Nun Opa?

Bist Du noch Professor? Wer war es, dem der Titel aberkannt wurde?

Kinder, seid still. Ich bin Euer Großväterchen.

Und Sie? Sehen Sie sich mal im Spiegel an. Ein ehemaliger Student? Was wollen Sie uns noch erzählen? Verlassen Sie das Haus. Wir zeigen ihnen den Weg.

Friedhalm sah sich um. Der Professor und seine Frau vermieden es, ihn anzublicken. Da stand er auf.

In Begleitung der Steinkauzgesichter schritt er über den Kies, am Teich, am Blumenbeet vorbei bis zum Ausgang. Als sie in Sichtweite des großen schmiedeeisernen Gartentores waren, blieb er stehen.

Eine Frage, Sie heißen Uzelac mit Nachnamen?

Haben Sie das Namensschild am Eingang gelesen?

Nein.

Beide lachten.

Einer drückte ihm zum Abschied mit einiger Kraft eine Jacke in die Hand. Von der Dame des Hauses. Die ist für Sie. Ein Abschiedsgruß. Wir sind im allgemeinen recht gastfreundlich. Aber von Ihnen verlangen wir, nicht wieder zu kommen.

59.

Er ging die Straße hinunter. Wie hatte er nur
Löwenlieschen vergessen können. Er hatte
viele Jahre nicht mehr an sie gedacht. Umso
heftiger traf ihn die Erinnerung.
Der Teich. Das Kindergesicht. Löwenlieschen.
Blumen.
Es folgte kein Zusammenbruch. Die Muskeln
taten einfach ihre Arbeit. Kein Stein, kein
fester Boden, nur Treibsand unter ihm. In
Friedhalm gab es keinen klaren Gedanken.
Keine Eingebung. Sein Körper folgt irgend-
welchen Befehlen. Woher kamen sie? Er
konnte nicht verstehen, wo er doch meinte,
um den Wert aller Dinge zu wissen. Mit wem
rechten? Mit wem streiten?
In den Außentaschen der Jacke ertastete er
einige Geldscheine. Es musste sich um einen
Irrtum handeln. Er griff in die Innentaschen.
Auch hier spürte er Geldscheine. Löwenlieschen. Also doch. Sie hatte ihn gesehen.
Es würgte ihn. Er zerkratzte sich den Hals.
Er schluchzte trocken. Er schnappte dabei
nach Luft. Es schüttelte ihn.
Laut sagte er, Kostenfaktoren müssen eliminiert werden. Es gab keinen eigenen Wert,
außer den der Verfügbarkeit. Nur ein Kostenfaktor! Passanten wichen ihm aus. Er
sprach laut. Er sprach es oftmals aus. Er
sprach, was Sache war.
Friedhalm strandete vor dem Zaun von Plütz.
Die Mittagssonne stand über ihm, er wusste
nicht vor und nicht zurück. Dazu bewegte er

in einem fort seine Lippen. Kostenfaktor, Kostenfaktor. Wie lange dieser Zustand seiner Erstarrung anhielt, es war unerheblich.

60.
Eine Bewegung hinter Schleiern. Eine Gestalt löste sich vom Hintergrund und kam langsam näher. Eine Frau. Umrisse, die ihm bekannt schienen.
Zussi?!
Die Angesprochene blickte erschrocken auf. Erst als sie an ihm vorbei war, verlangsamte sie ihre Schritte. In sicherer Entfernung blieb sie stehen. Friedhalm riss die Augen auf.
Sie sah ihn an.
Du?
Er nickte.
Friedhalm?!
Er nickte abermals.
Mein Gott, wie siehst Du aus!
Ihre Blicke flogen über den eingeknickten Menschen, über sein zusammengefallenes Gesicht und die abgerissene Kleidung. Sie dachte eine Weile nach, dann sagte sie, Du kannst mitkommen.
Friedhalm taumelte, es fiel ihm schwer, mit ihr Schritt zu halten.
Was sollte er sagen?
Sein Kopf war leer. Worte, er suchte Worte, Worte, nach irgendeinem Wort und fand keines.
In ihrer Wohnung erinnerte er sich. Hatte er

sich hier einmal für Momente wie zu Hause gefühlt? Das verwirrte ihn. Und er erschrak. So erwachte er langsam. Was war mit ihm geschehen?

Es gab ein Geben und Nehmen, es gab Rechungen und Quittungen, sonst nichts. Er blieb stumm.

Was ist mit Dir geschehen?

Achselzucken.

Wer hat Dich so zugerichtet?

Was weiß ich.

Er nahm das Mitleid, das ihm entgegenschlug, dankend an.

Geh ins Bad. Ich suche frische Wäsche.

Ich habe Geld.

Lass das.

Zussi öffnete die unterste Lade einer Kommode, die vollgestopft war. Sie zog Herrenunterhosen in unterschiedlichsten Ausführungen und Größen heraus, hielt sie in seine Richtung, schüttelte mehrmals den Kopf und tat eine nach der anderen wieder zurück. Endlich fand sie ein Stück, das ihr gefiel, hob es in die Höhe und sagte, das wird Dir passen. Auch Socken und ein Leibchen in seiner Größe fanden sich für ihn.

Du. Du, sagte er.

Sie gab ihm ein Handtuch und schob ihn fort.

Nach einigen Minuten war er wieder da.

Nass.

Warum?

Sie schüttelte den Kopf.

Da hielt er ihr das Badetuch hin.

Warum?

Nun verstand sie ihn.

Du hast mir geholfen. Jetzt helfe ich Dir.

Sie konnte ihm dabei zusehen, wie er langsam begriff. Dann schubste Sie ihn zurück und wischte die Lacke, die er hinterlassen hatte, weg.

Als er wieder vor ihr stand, fragte sie nach seinem Ohr.

Ich höre kaum noch was. Die rechte Seite ist heiß. Es brennt und ich spüre, wie es pulsiert.

Wo hast Du Dich verletzt?

Ja?

Sie blickte auf seinen verschmutzen Overall.

Du siehst wie ein Gärtner aus.

Frag mich nicht.

Das muss behandelt werden. Und zwar sofort.

Sie drängte ihn geradezu aus der Wohnung und brachte ihn in eine Ambulanz. Dort bekam Friedhalm ein schmerzstillendes Mittel. Die Wunde wurde ausgeschnitten, desinfiziert und verbunden. Die Kerbe im Ohr würde ihm für alle Zeit bleiben.

Friedhalm schlief danach die ganze Nacht auf seiner linken Backe und das keineswegs schlecht.

61.

Es war taghell, als er ihre Stimme vernahm.

Kommst Du zurecht? Ich muss weg.

Er schnappte einige Male tief, als er aus seinem Schlaf erwachte. Kann ich auf Dich warten?

Ja. Ich bin am frühen Nachmittag zurück.

Friedhalm drehte sich auf den Rücken und war auf der Stelle wieder eingeschlafen.

Stunden später kam sie mit zwei Pizzastücken zurück.

Friedhalm fühlte sich auf wundersame Weise ausgeruht. Und er hatte wieder Appetit.

Wie ist es gekommen, dass Du wieder bei Plütz bist?

Durch meinen Sohn.

Ich erinnere mich. Der Junge... Wie war sein Name? Was ist mit ihm?

Zussi schüttelte den Kopf.

Er ist einen halben Kopf größer als Du. Und ehrgeizig. Seine Kurse hat er mit Gut und Sehr Gut bestanden. Ich habe gehört, wie ihn seine Kollegen rufen. Securitator!

Kenn ich nicht. Hab ihn nie gekannt.

Er ist beim Wachdienst. Ich räume in den Büros und den Mannschaftszimmern zusammen. Du bist mir damals über den Weg gelaufen.

Ja. Es fällt mir wieder ein.

Er war dabei, als sie Dich rausgeworfen haben.

Ich habe ihn nicht erkannt.

Sie hatten einen Auftrag.

Von wem?

Was weiß ich. Er ist zwanzig. Ich bin stolz auf

ihn. Er trainiert jeden Tag. Er hat es nicht nötig, sich etwas gefallen zu lassen. Er hat gelernt, wie man sich wehrt.

Ach ja.

Ich putze ein paar Stunden. Natürlich reicht das nicht. Aber es deckt beinahe die Fixkosten. Ein bisschen verdiene ich mir dazu. Die Wohnung liegt günstig, weil sie ebenerdig ist. Das Weitere hat sich so ergeben.

Ich verstehe.

Man darf nicht kleinlich sein.

Nein, das darf man nicht.

62.

Sie blickte ihn eine Weile an.

Du kannst ein paar Tage bleiben. Aber unter einer Bedingung.

Bevor sie weitersprach, begann er, in den Taschen seiner Jacke zu suchen.

Ich habe genug.

Sie schüttelte den Kopf. Du wirst Dir Kleider kaufen. Und hör´ mir bitte genau zu. Ich bin einem Menschen im Wort. Ein guter, verlässlicher Freund. Er schaut auf mich. Und er beschützt mich. Das geht schon die letzten Jahre lang. Ich kann ihn Deinetwegen nicht einfach fortschicken.

Ist gut.

Es kommt vor, dass er sich ein paar Tage lang überhaupt nicht blicken lässt. Dann sind wir ganz unter uns.

Der Schuft.

Nein, nein. Das ist für mich in Ordnung.
Sooft er Zeit hat, besucht er mich. Manchmal auch zwei oder drei Mal hintereinander. Aber er kann nie lange bleiben. Er hat es meistens sehr eilig. Sobald es *Kurzkurz-lang* läutet, verschwindest Du dann?
Kein Problem.
Versteh mich bitte. Es ist besser, wenn Du nichts damit zu tun hast.
Ist in Ordnung.
Und Du wirst keine Fragen stellen?
Nein. Keine Fragen.
Gib mir Deine Hand darauf.
Hier ist sie.
Das hier ist die Abstellkammer. Das Fenster geht zum Lichthof hinaus. Da gehst Du rein, wenn es läutet. Du darfst auf keinen Fall rauskommen. Versprichst Du mir das?
Ich verspreche es.
Denk immer daran, das hat mit Dir nichts zu tun.
Ich verstehe.
Und Du versprichst mir hoch und heilig, unter gar keinen Umständen herauszukommen?
Hoch und heilig.
Du bist nicht neugierig?
Nein. Warum sollte ich? Du hast es mir erklärt.
Erst wenn ich an der Türe geklopft habe, kommst Du wieder heraus. *Kurzkurz-lang.*
In Ordnung.
Du bist in Ordnung.

Sie küsste ihn auf die Wange.
Friedhalm schlug die Augen nieder.

63.
Einige Tage später ging es Friedhalm schon
bedeutend besser. Es gelang ihm sogar, mit
Zussi als Zuhörerin ein wenig zu philosophie-
ren.
Es geht mir komfortabel gut. Ich habe das
Nötige, das ich zum Leben brauche. Selbst
wenn ich nur eine Kartoffel esse und dabei
an ein paar Schweinslendchen denke, kann
ich sie beinahe riechen. Was will man also
mehr? Ich bin sehr zufrieden.
Die Kartoffeln waren noch heiß und er
musste eine Weile mit gespitzten Lippen bla-
sen, bevor er sie in den Mund stecken konnte.
Es läutete drei Mal.
Friedhalm stand auf, griff nach seiner Jacke
und öffnete die Türe zur Abstellkammer.
Zussi hatte den Teller mit den Kartoffeln ins
Backrohr geschoben.
Ich mach schon, dass es nicht lange dauert,
geh nur.
Ich werde an die Kartoffeln denken. Ich werde mir vorstellen, wie sie in meinem Magen
sind. Das hilft, glaub es mir, tatsächlich gegen den Hunger.
In einer Viertelstunde haben sie die richtige
Temperatur. Und wir werden uns den Gau-
men nicht verbrennen.

64.

Eines Tages begann er wieder, Pläne zu schmieden.

Es ist höchste Zeit, eine Aufgabe zu übernehmen. Ich möchte effizient sein.

Abends, neben ihr im Dunkel, wurde er nachdenklich.

Zussi, Du bist kein Kostenfaktor. Bei Dir ist es anders. Mir kommt vor, als ob Du niemals einer gewesen wärst.

Sie verstand zwar nicht ganz genau, wie er das meinte. Aber es schmeichelte ihr.

Du bist auch keiner.

Kein Kostenfaktor?

Es schien, als bereute Friedhalm seine eigenen Worte.

Tatsächlich! Was habe ich da gedacht und geredet? Ich habe nachgelassen. Was habe ich nur falsch gemacht? Wir dürfen den Kostenfaktor niemals aus den Augen verlieren. Versprich mir das.

Zussi lächelte geduldig. Wenn Du es möchtest.

Die Fingerspitzen, die im späteren Verlauf des Abends mit seinen Falten spielten, waren durch ihren Umgang mit Putzmitteln aufgesprungen und rau. Friedhalm musste tief seufzen.

65.

Er wartete schon ein Weilchen darauf, aus seinem Versteck hervorkommen zu dürfen.

Doch dann geschah etwas Unerwartetes. Zuerst hörte er ein Krachen und Poltern. Danach das Kreischen einer Frauenstimme. Er erkannte sie nicht gleich. Doch es musste Zussi sein. Ein Möbelstück fiel um. Etwas rumpelte, dann glaubte Friedhalm, einen Mann keuchen und mit jemandem ringen zu hören, als ginge es auf Leben und Tod. Dazu schrie Zussi, wie er sie noch nie gehört hatte. Ganz offensichtlich versuchte sie sich zu befreien, bis ihre Stimme immer kläglicher und leiser wurde, in ein Wimmern überging und zuletzt verstummte.

Es war still geworden. Dann schien ihm, als ob etwas Schweres über den Boden gezogen wurde.

Er glaubte, draußen vor der Türe viele kleine Bewegungen zu spüren, als ob nach etwas Bestimmtem gesucht würde.

Von Zussi hatte er die letzte Zeit überhaupt kein Laut mehr vernommen. Die übliche Viertelstunde war auch schon um. Er stand auf, musste sich leise räuspern und hielt sein Ohr an die Türe. Er konnte nichts vernehmen, doch ein Gefühl jenseits seiner Sinne sagte ihm etwas von raschen, unhörbaren Hin- und Herhuschen auf der anderen Seite der Türe.

Da wurde die Tür mit größter Gewalt weggerissen, zugleich tat es einen Donnerschlag und ein ungemein helles Ding blendete ihn so stark, dass er völlig wehrlos war. Mit ein paar festen Griffen wurde er nach vor gerissen, auf den Boden geworfen und von schweren Gewichten niedergedrückt.

Eine Zeitlang blieb es totenstill.

Dann rief eine Männerstimme, Aus! Da ist niemand mehr. Aktion beendet!

Er ist der zweite, hörte er jemanden sagen. Es waren Maskenmänner und Friedhalm wartete auf seinen Tod.

Dann merkte er, dass ihm die Arme auf den Rücken gefesselt waren. Fremde Hände untersuchten ihn überall, selbst an jenen Stellen, wo es ganz besonders kitzelte.

Vor dem Haus waren mehrere Scheinwerfer aufgebaut. Er wurde zu einem Lieferwagen mit Schiebetür geführt. Ja, sagte eine Menschenstimme, ja, der ist es. Jemand rief ihn mit Namen an. Als er hinschaute, zuckten Blitzlichter auf.

66.

Gestehen Sie.

Ein Geständnis ist nur von Vorteil. Sie dürfen auf ein milderes Urteil hoffen. Zwei, drei Jahre sind eine lange Zeit.

Welche Jahre? Was soll ich gestehen?

Ein unbekannter Mithäftling rempelte ihn an und steckte ihm einen winzigen Knäuel zu.

Es handelte sich um einen kleinen zerknüllten Zettel mit Fettflecken darauf. *Entschuldige, ich wollte das nicht. Ich Dich reingezogen habe. Zussi.*

Die Buchstaben taumelten und zogen sich,

als wären sie auf schlechter Unterlage und in großer Eile geschrieben. Er konnte beim besten Willen nicht erkennen, ob es tatsächlich ihre Schrift war. Aber er freute sich.

Sie lebte noch und machte sich Sorgen um ihn. Also ging es ihr nicht schlecht. Friedhalm fühlte sich erleichtert.

Was verstand sie unter *reingezogen*?

Ein paar Tage später hörte er von einem Mitangeklagten namens Speedy, dem Mexikaner. Da stellten sich ihm doch einige Fragen. War das etwa jener Unbekannte, von dem sie immer wieder gesprochen hatte? Derselbe, mit dessen Existenz ihn die Vernehmungsbeamten geradezu quälten?

Leugnen Sie nicht alles ab. Das ist in Ihrem Fall der schlechteste Weg. Damit verstimmen Sie den Richter, mahnte der Rechtsanwalt.

Es ist die Wahrheit.

Der Anwalt warf einen Blick seitlich zur Decke.

Darum geht es jetzt nicht. Es geht darum, für Sie die geringstmögliche Strafe zu erreichen.

Aber ich bin gänzlich unschuldig!

Die Fakten sprechen gegen Sie. Zeigen Sie sich kooperativ. Sie können die Meinung ihnen gegenüber nicht ändern. Und Ihre Gesprächsverweigerung macht die Sache nur schlechter.

Ich habe mit dem Rauschgift nichts am Hut. Ihre Spuren waren überall. Auf einem Plastiksäckchen. Auf den Banknoten. Sie müssen mir vertrauen. Wir sollten die Anschuldigun-

gen Punkt für Punkt durchgehen und eine
gemeinsame Strategie entwickeln. Jeder weiß
doch, worum es geht. Man hat doch Erfah-
rungen.
Wie sollte ich?
Sie enttäuschen mich.

67.

Wegen seiner besonderen Gefährlichkeit und
Verstocktheit kam Friedhalm bald wieder in
eine Einzelzelle. Die einzige Ablenkung, die es
dort gab, war eine Reckstange, die irgendjemand vor Zeiten in der Türzarge befestigt
hatte. An ihr lernte er, sich immer wieder
hochzuziehen. Jedes Mal, wenn ihn dunkle
Gedanken plagten, tat er ein paar Klimmzüge. Er war jetzt überzeugt, dass es eine Verschwörung gegen ihn gab. Die Kräfte der
Vergeudung hatten ihm, dem Kostensenker
den Krieg erklärt und wollten ihn vernichten.
Anders konnte er sich nicht erklären, was
um ihn vor sich ging.
Je länger er an dieser Stange hing, desto
mehr weitete sich sein Brustkorb. Er war nie
sonderlich beweglich, aber er hatte gute
Muskelansätze. Mit den Monaten, in denen
er auf seinen Prozess warten musste, wuchs
ihm der Oberkörper mächtig an.
Spätestens, wenn er im Zorn über das Einge-
sperrtsein die Luft anhielt und sich sein
Brustkorb weitete, bis das Hemd spannte
und der dritte Knopf abzuspringen drohte, da

war es ganz offensichtlich, dass mit ihm
nicht zu spaßen war.

68.

Gestehen Sie!

Je länger sich sein Verfahren dahinzog, desto
unwilliger wurde er. Die Verständnislosigkeit
mit der man Friedhalm begegnete, war schon
bemerkenswert. Die Menge an Vorwürfen
und Spitzfindigkeiten, die in seinen Augen
allesamt haltlos waren! Kurz vor Prozeßbe-
ginn lehnte er seinen Rechtsanwalt ab.
Er hatte mehrfach erfahren, wie es ist, immer
wieder angeschrieen zu werden. Und danach
Tag und Nacht bei Licht zu verbringen, und
jederzeit auch bei den persönlichsten Hand-
lungen beobachtet zu werden. Er sah verzerr-
te Gesichter ganz nahe vor sich, die geiferten,
die ihn mit Worten und Beleidigungen an-
spuckten. Danach tauchten ruhige, be-
herrschte Menschen auf, die sich zu nächst
sehr vernünftig gaben, aber zuletzt immer
auf einige Punkte hinauswollten, denen er
ihnen beim besten Willen nicht folgen konnte. Dann konnte sich der Wind jäh drehen.
Ärgerliche Reaktionen folgten. Und Drohun-
gen.
Niemand glaubte ihm. Selbst sein neuster
Pflichtverteidiger hielt ihn insgeheim für einen hinterlistigen, mit allen Wassern gewa-
schenen Entrepreneur des Transportes von
höchst verbotenen teuflischen Gütern mit

den allerbesten Verbindungen zu einem unbekannten Verbrechersyndikat. Einen, der seinen bürgerlichen Untergang auf raffinierte Weise selbst inszeniert hatte, um Spuren zu verwischen. Wer so schweigen konnte wie Friedhalm, der musst immense Nacheile zu fürchten haben, musste ein wichtiger Drahtzieher sein.

Dieser Ruf folgte ihm überall hin nach. Sogar die Mithäftlinge begegneten ihm, dem großen Drogenboss mit einer Mischung aus Ehrfurcht und Scheu.

69.

Was für eine Schlagzeile! Ehemaliger Geschäftsmann mit internationaler Erfahrung als Drogenbaron festgenommen.

Der Staatsanwalt klagte Friedhalm als den raffgierigen Verführer von Greisen, Kindern, Frauen, als den Zerstörer von Familien an. Mit großer Liebe zum Detail beschrieb er die kriminelle Energie, mit welcher der Beklagte alle seine Spuren verwischt hatte. Er forderte eine exemplarische Strafe für dieses Pestgeschwür der menschlichen Gesellschaft, elf Jahre Gefängnis.

Die gespaltene Lippe, die Narbe auf der hohen Stirne, eine frische Kerbe im Ohr. Was für ein Gesicht! Was für ein Verbrecher! Friedhalm hatte keine Ahnung von seiner Popularität und den Phantasien, die seine Bilder außerhalb der Gefängnismauern auslösten, denn auch die überregionalen Blätter berichteten von seinem jahrelangen perfekten Doppelleben, seinen vielfältigen Tarnungen, stellten Vermutungen über sein im Ausland verstecktes Vermögen an und sahen ihn schon als Besitzer einer Pirateninsel unter der Tropensonne.

Im Gerichtssaal gab es ein kurzes Wiedersehen mit Zussi. Warum vermied sie es, ihn anzublicken?

Dann sah er zum ersten Mal Speedy, den Mexikaner. In Wahrheit pulsierten in seinen Adern eher einige Tropfen Roma-Blut, denn er war dunkelhaarig, von kleinerem Wuchs, etwas rundlich, aber ungewöhnlich blass. Er sah aus, als könnte er keiner Fliege etwas zuleide tun. Trotzdem gab er sich sehr schuldbewusst, reuig und zerknirscht. Friedhalm ertappte sich sogar dabei, selbst Mitleid für ihn zu empfinden.

Die Verhandlung nahm er als eine große Inszenierung wahr, in der ihm die Hauptrolle des Bösewichts zugedacht war, fernab von jeglicher Realität. Er wunderte sich über die Vermutungen und Hypothesen, die ihn betrafen. Wenn nicht sein eigener Name immer wieder gefallen wäre, hätte er den Eindruck gehabt, das Gericht spräche über jemand völlig Fremden.

Gegenüber Zussi und ihrem kleinen Drogendealer, die man gemeinsam mit ihm in der Wohnung aufgegriffen hatte, ließ man außerordentliche Milde walten. Sie sollten bald

wieder in die Freiheit entlassen werden. Die
beiden waren ganz offensichtlich zwei ver-
führte, ausgenützte und arme Menschen, die
kaum eine andere Wahl im Leben gehabt hatten und bei denen der Teufel in Gestalt von
Friedhalm sein leichtes Spiel gehabt hatte,
sie in seine Abhängigkeit zu bringen.
Barmherzigkeit gewährt der gute Richter und
Christ alleine den reuigen Sündern. Dem Un-
einsichtigen, der da beharrlich leugnete, ge-
bührte hingegen die volle Strenge des Geset-
zes. Friedhalm bekam daher elf Jahre, davon
acht Jahre unbedingt.

70.
Eines Nachts träumte er, dass sein Kopf bei
Agnes lag. Auf Agnes´ weißem Bauch, wo die
Muttermale zusammen ein Sternbild ergaben, das den Namen trug, den er ihm gegeben hatte und von dem nur sie beide wussten. Er träumte sogar von zwei rotierenden
Messerchen, die über seine beiden Schulter-
blätter kreisten.
Danach musste er von seiner Pritsche hoch-
springen. Es blieb ihm nichts anderes, als
wieder und wieder Klimmzüge zu machen.
Bis zum Morgengrauen. Bis zur Erschöpfung.

71.
Zeitungen und Magazine mit Friedhalms ab-
gedrucktem Konterfei waren nach dem har-

ten Urteil an allen möglichen Orten zu finden, auch in den Büros der Int.PlützAG.
Schließlich hatte der Verurteilte eine interessante Geschichte und ein markantes Gesicht.
Das fand auch Agnes, einflussreiches Vor-
standsmitglied der weltweit agierenden
Int.PlützAG.
Ein Mann mit gespaltener Unterlippe, Narbe
auf der Stirne und fehlendem Ohrläppchen
war geeignet, in Ländern und Märkten, in
denen nicht ganz so klare Regeln galten, ei-
nen nachhaltigen Eindruck zu hinterlassen.
Das konnte den Geschäftsverlauf beschleuni-
gen und vieles erleichtern.
Eines Tages überraschte ihn Agnes in Beglei-
tung eines Rechtsanwaltes im Besucherzim-
mer.
Die Int.PlützAG hat etwas an Dir gut zu machen.
An Dir, hatte sie zu ihm gesagt. Er war zu
bewegt, um darauf zu antworten.
Gedulde Dich und verlass´ Dich auf uns.
Er schluckte mehrmals und starrte sie un-
verwandt an. Wieder das Du-Wort.
Wir brauchen Dich.
Er nickte leicht.
Na dann.
Sie lachte kurz, stand auf und ging.
Von diesem Zeitpunkt an machte sich eine
Schar von Rechtsanwälten ans Werk, um von
der Anklageerhebung bis zum Urteil die Ar-
beit der Justiz zu zerpflücken. Ein eigens
abgestellter PR-Berater sprach in allen mögli-

chen Büros vor und versorgte die Zeitungsredaktionen mit kleinen Geschichten und Informationen. Eine Website wurde für seine Fangemeinde eingerichtet.

Die nächste Instanz stellte Friedhalms völlige Schuldlosigkeit fest. Er war zur falschen Zeit am falschen Platz gewesen. Die Journalisten, da sie über ihn sonst nichts zu berichten hatten, verliehen ihm das Wort dubios.

72.

Er konnte Flimm und Agnes, denen er seine Befreiung verdankte, nicht sofort nachreisen, denn er musste noch auf die Ausstellung seines Reisepasses warten.

Lange hielt er es in dem Hotelzimmer nicht aus, das die Int.PlützAG für ihn gebucht hatte. Sein erster Weg führte ihn zu einer bekannten Adresse, vor eine neue Wohnungstüre, denn die alte war ja, als das Unheil seinen Lauf genommen hatte, in Brüche gegangen. Er fand Zussis Namen mit einem Klingelknopf daneben und drückte diesmal *Kurz-kurz-lang.*

Einige Zeit geschah gar nichts. Ihm war, als hielte man im ganzen Stiegenhaus wieder einmal den Atem an. Hatte er einen Fehler begangen? Scham und Angst befielen ihn. Vielleicht hatte sie Besuch. Dann glaubte er, durch den Türspion beobachtet zu werden.

Ein Schlüssel drehte sich im Schloss. Die Tür ging weit auf. Sie fielen sich in die Arme.

Ihr Kopf lag auf seiner Brust und er wusste, dass ihre Augen nass waren.

Ich habe gefürchtet, Du wärst auf mich böse.

Warum sollte ich?

Sie machten mich verrückt. Sie wollten Dich. Immer nur Dich. Sie erdrückten uns mit ihren vielen Fragen. Ich war machtlos.

Er zuckte zusammen.

Du musst mir nichts erklären.

Sie brauchten ein Opfer.

Was tust Du jetzt? Wie geht es Dir?

Ich habe einen Mann. Es ist Speedy.

Warum er?

Weil ich mich auf ihn verlassen kann.

Er suchte ihre Hand. Und auf mich.

Du gehst und er bleibt.

Danke für alles, was Du für mich getan hast. Ich schäme mich so.

Er umarmte sie.

Du hast recht, er kann Dich beschützen. Ich kann nur die Kosten senken. Plütz hat mir rausgeholfen, wahrscheinlich werde ich gebraucht. Und ich werde nicht ablehnen. Aber wir sehen uns wieder. Ich verspreche es Dir.

Bestimmt, schluchzte sie.

Die Tränen stiegen ihm in die Augen.

Sei nicht traurig. Es ist noch nicht vorbei.

Solange wir leben, ist es nicht vorbei.

Glaubst Du daran?

Ganz fest.

Es darf nicht vorbei sein.

Ich verspreche es Dir.

73.

Er stieg in ein Taxi, das ihn zum Flughafen
bringen sollte. Der neue Hauptsitz des
Plütz´schen Imperiums lag ja mittlerweile
weit entfernt von seinen Ursprüngen in einem sicheren Alpenland. Während der Fahrt
sah er durch die Seitenscheiben nur ver-
schwommene Häuser vorüberziehen und
musste sich dabei mehrmals über Stirne und
Augen wischen.

Sein Zustand besserte sich, sobald er mit
den Formalitäten vor dem Abflug beschäftigt
war. Erst als später das Flugzeug durch die
Wolkendecke brach und die Kabine mit einem Mal in das grelle Licht einer tief stehen-
den Wintersonne getaucht war, ging ein Ruck
durch ihn.

Es machte keinen Sinn rückwärtsgewandt zu
denken. Die Villa Prekedevic, den alte Plütz,
Ibrahim, auch Zussi musste er vergessen.
Er fühlte Befreiung, Aufbruch und Freude.
Neue Herausforderungen kamen auf ihn zu,
er würde Agnes wiedersehen. Sie hatte ihn
gerufen. Gegen wen ging es? Gegen Flimm?
Er würde es schon bald herausfinden.
Ja, es ging aufwärts. Neue Märkte in Übersee
warteten darauf, erobert zu werden.
Er saß im vorderen Teil des Flugzeuges, in
der Business Class. Da konnte er lümmeln,
es gab so viel Platz für ihn, dass er gerade
noch die Beine übereinander schlagen konnte. Das gewöhnliche Volk saß zusammenge-
quetscht in den hinteren Reihen. Nach dem

Steilflug, spätestens beim Essen, würden die Vorhänge wieder zugezogen werden. Er wäre ihm nicht unangenehm, wenn es dabei bleiben sollte.

74.

Keine Wolke stand am tiefblauen Himmel über der Zentrale der Int.PlützAG. Der Blick auf den Gletscher war grandios. Durch die beschichtete Glasfront verbreiteten die Strahlen der Herbstsonne ein blaukühles Licht in die ganze Tiefe des Konferenzraumes. Die Klimaanlage schaltete sich von Zeit zu Zeit ein und schickte dabei jedes Mal einen frostigen Lufthauch durch den Raum. Das Gebäude stand auf Säulen wie auf Beinen, einem großen Insektenkörper gleich. Wären da nicht ein Zufahrtsweg, Beleuchtung, ein Zaun mit Schiebetor und ein Parkplatz für Fahrzeuge gewesen, man hätte auch meinen können, eine Raumstation mit Außerirdischen wäre auf einer Wiese gelandet. Hoch oben, weit weg, über den Bergspitzen tobte ein südlicher Herbststurm, der als Föhn in den Tälern angekommen war. Die Kuhherden, bis vor ein paar Wochen noch auf den steilen Hochwiesen, waren wie jedes Jahr um dieselbe Zeit in die Täler gebracht worden. Hier durften sie noch einige Tage lang das restliche Gras der Wiesen abweiden. Glockenklang, Schnauben, Stampfen und Fliegensummen lag über den Wiesen. Ein satter Herbsttag, der hektische Glücks- und Ewigkeitsgefühle zuließ, indes die Schatten sichtbar näher kamen.

Der alte Flimm saß im Rollstuhl und begrüßte Friedhalm. Die Hand, die sich ihm entgegenstreckte, war schlaff. Friedhalm bemerkte sofort, dass der Mann wohl ein Problem mit seiner Leibesmitte hatte.

Lasst uns beginnen. Seit dem vergangenen Jahr ist unser interner Umbau abgeschlossen. Die Int.Plütz AG ist jetzt in weitgehend autonome Subunternehmen strukturiert, die sich nach eigenem Gutdünken ihrer Zulieferer bedienen können. Unsere Aufgabe in der Zentrale beschränkt sich auf die Qualitätskontrolle, Ertragslage und Markenpflege. Warum diese Einleitung? War dies eine Botschaft an ihn?

Die Erzeugnisse der Int.Plütz AG werden mittlerweile größtenteils in Atlantien hergestellt. Nun sei ein riesiges Flusskraftwerk am Rio Gosso, südlich des Äquators errichtct worden, eines der größten des Kontinents. In die Hütten der Einwohner käme jetzt nach und nach elektrisches Licht. Bis dahin könnten Jahre vergehen. Es fehlten die ganz großen Stromabnehmer, die das Projekt lohnend machen würden. Die Regierung sei unter Druck geraten.

75.

Friedhalms Gedanken schweiften ab. Flimm,

der Mann der Bank, der Mann der Geldgeber, die mehrmals gewechselt hatten und kein Gesicht besaßen. Wer stand wohl dieses Mal dahinter?

Man sei an die Int.PlützAG herangetreten. Ihrer besonderen internationalen Reputation wegen.

Seine Augen glitten über Flimm, während dieser, wenn auch ein wenig langatmig, weiterredete. Ausgerechnet ein einziger Körperteil entzog sich seinem Einfluss. Ihm war kurz zum Lachen zumute.

Da spürte er, dass noch jemand eingetreten sein musste. Ein Messerchen begann sanft über seinem Schulterblatt zu kreisen.

Flimm räusperte sich, seine Stimme wurde lauter.

Kommen wir also zum Punkt. Die Produktionsstraße mit der Kunststoffpresse lagere seit einem halben Jahr in Atlantien, wo sie doch jederzeit in Betrieb gehen könnte. Sie sei für einen Betrieb mit Kraftstrom aufs allerbeste eingerichtet. Da fügten sich zwei Interessenslagen optimal zusammen.

Friedhalm war immer noch über Flimms ganz offensichtliche Verhärtung amüsiert, die zu einem Dauerzustand mutiert war, der sich irgendwann einmal selbstständig gemacht haben musste.

Strom, der sonst nirgendwo anders gebraucht werde. Zum Sondertarif. Ob er sich die Aufgabe einer Standortverlegung zutraue, wurde er gefragt.

76.

Diesmal durchfuhr ihn die Erkenntnis, dass
er weiter denn je von seinem ursprünglichen
Ziel entfernt war. Er befand sich zu keinem
Zeitpunkt mit Agnes und Flimm, dem inneren Zirkel der Int.Plütz AG, auf Augenhöhe.
Er war gesellschaftlich abgestempelt, ge-
zeichnet, ein Werkzeug, im besten Fall ein
Teil ihrer gemeinsamen Strategie.
Als Flimm weiter ausholte, da hörte er gar
nicht mehr richtig hin. Agnes, ade! Was hatte
ihn so sehr an ihr fasziniert?
Flimms Stimme holte ihn wieder für ein paar
Augenblicke aus seinen Gedanken zurück.
Gewisse Unwägbarkeiten wären da. Die Regierung wolle unbedingt mit Plütz ins Geschäft kommen, doch auf lokaler Ebene gäbe
es mancherlei Unsicherheit. Auf eine durch-
organisierte Verwaltung wie in Europa könne
man dort nicht bauen. Der dortige Gouverneur wäre zwar der örtliche Vertrauensmann,
sei aber noch von der vorigen Regierung ein-
gesetzt worden.
Agnes, ade! Wie verrückt war er nach ihr gewesen! Ihre Kälte war echt. Sie war ein Stein.
Warum wusste er es erst jetzt?
Flimms Stimme drängte sich wieder in sein
Bewusstsein vor. Die Int.Plütz AG habe in
Sachen politischer Unterstützung den Rücken frei, ein Restrisiko, wie auch ein kleines
Sicherheitsproblem bestünden jedoch bei
solchen Vorhaben immer. Friedhalm hätte
die Organisation an Ort und Stelle, den Auf-

bau und den Transport zu organisieren. Man
befinde sich immerhin einige hundert Kilometer von der Zivilisation entfernt, am Mittel-
lauf des Rio Gosso. Da käme es auf Durch-
setzungskraft und auf die Kunst der Improvi-
sation an.

Was stand Flimm wohl in den nächsten Jah-
ren bevor? Eine mittige Verschwielung als
Spätstadium, eine Verholzung, zuletzt eine
Verödung. Nein! Er war bereits versteinert.
Genau wie sie. Stein lehnte an Stein.

77.
Flimms Vortrag wollte kein Ende nehmen.
Die dortigen Einwohner wären sehr rück-
ständig. Sogar eine Torpedierung des Projek-
tes sei denkbar. Dies könnte sowohl mit Unterstützung oppositioneller Kreise, wie außerhalb der gesetzlichen Grenzen geschehen.
Für die Int.PlützAG stelle sich der Fall fol-
gendermaßen dar: Die Anlage sei abgeschrie-
ben. Bei den derzeitigen Lohnnebenkosten
wären auf jeden Fall schwarze Zahlen möglich, selbst wenn das Werk nur an hundert
Tagen im Jahr in Betrieb sei. Es gäbe internationale Förderungstöpfe, deren sich Plütz
bedienen würde. Man sei gut beraten, in allen Hoffnungsmärkten präsent zu sein. Die
zukünftige Kundschaft, die eigentlichen
Wachstumsraten entstünden ohnehin in diesem Teil der Welt.

Friedhalm antwortete, dass man es bei Plütz

gewohnt sei, mit Widerständen umzugehen und er fragte nach einem Zeitplan.

Nein, die Unwägbarkeiten seien nicht abzuschätzen. Er müsse sich auf tagelange, wenn nicht wochenlange Wartezeiten einstellen.

Ein Jahr wäre ein guter Richtwert. Alles was darunter läge, wäre ein Wunder. Man unterschätze nicht das Sicherheitsproblem. Und Rücksichten auf die lokalen Traditionen seien unabdingbar. Plütz, der guter Name müsse auf alle Fälle bewahrt bleiben. Haben Sie einen Gedanken, wie die Sicherheitsfrage gelöst werden kann?

Die Falle lag offen aufgestellt. Immerhin.

Ich will einen Fachmann zur Mitarbeit bewegen, einen Spezialisten für diese Fragen, jemand, der auch effizient sein kann.

Sie haben jemanden im Auge?

Mir ist ein Mann vom früheren Sicherheitsdienst des Stammwerkes empfohlen worden, log er. Er hat bereits für Plütz gearbeitet. In seinem beruflichen Umkreis wird er Securitator genannt.

Welche besonderen Fähigkeiten hat er?

Ja! Was sind seine Referenzen?

Er hat mich rausgeschmissen.

Flimm und Agnes blickten ihn an.

Eine Pause trat ein.

Bringen Sie ihn.

Wir wollen ihn sehen.

Ihn aufzuspüren, Flug und Hotelzimmer zu organisieren und schließlich her zu lotsen, dauerte zwei Tage. Während dieser Zeit berei-

tete sich Friedhalm für seinen Auftrag vor.
Das Land um den Rio Gosso lag für den Warenhandel strategisch günstig. Die Bevölkerung war jung und es gab kaum Arbeit im herkömmlichen Sinn. Die Männer vertrieben sich dort vermutlich irgendwie die Zeit. Das Klima war heiß und feucht. Es klang nach Abenteuer.

78.
Friedhalm holte den Securitator vom Flughafen ab und brachte ihn im gleichen Hotel unter, in dem auch er sein Quartier bezogen hatte. Er war bereit, dem jungen Mann einige Sympathie entgegen zu bringen, alleine schon Zussi wegen. Aber er konnte kaum Ähnlichkeiten mit ihr feststellen und noch weniger mit dem Jungen, den er einstmals bei ihr gesehen hatte.
Am nächsten Tag begleitete er ihn in die Zentrale. Agnes schien zunächst von seiner Erscheinung überrascht. Eingehend begutachtete sie den kahlgeschorenen, muskulösen Mann. Eine Unruhe erfasste sie. Nur zögernd lösten sich ihre Blicke von seiner athletischen Silhouette, immer wieder irrlichterten diese an den Ausgangspunkt zurück.
Friedhalm wiederum nahm Agnes mit dem Auge eines interessierten Beobachters wahr. Eine leise Ahnung stieg in ihm auf. War es möglich, dass er diesmal seinen eigenen Nachfolger präsentiert hatte? Dass dieser

Mensch Flimm und Agnes etwas versprach, was er selbst nicht besaß? Dass es jemanden wie ihn nur mehr für die Zeit des Überganges brauchte, in ein Geschäftsmodell mit anderen Regeln?

Etwas hatte sich von ihm abgespalten. Ein großer Teil seiner Motivation war bereits mit Spott durchsetzt. Es stand zu befürchten, dass die anderen das bemerken würden. Und wenn schon, lachte es unbändig in seinem Inneren. Die Lage amüsierte ihn viel zu sehr. Sein Blick fiel auf das Muskelpaket Securitator. Ob jener die Möglichkeiten, die sich aufgetan hatten, zu erkennen vermochte? Noch waren es vage Gedanken, Vermutungen.

Nun, bald würde es sich herausstellen, seine Bewährungsprobe stand unmittelbar bevor. Währenddessen ging die Besprechung ihrem Ende entgegen. Friedhalm blieb sitzen, als der Securitator seinen Arbeitsvertrag vorgelegt bekam.

Der unterschrieb ein wenig umständlich, seinen Ellbogen etwas abgestreckt, aber das machte nichts aus. Nicht bei ihm. So schnell konnte Veränderung eintreten. Weniger die Kostensenker werden in Hinkunft gefragt sein, sondern Kerle, die wissen, wie sie aufzutreten haben, um gehört zu werden. Das war schon richtig und gut. Leuten wie dem Securitator gehörte also die Zukunft. Kein langwieriges Studium. Es brauchte vor allem Männer, die wussten, wie man zupacken kann.

79.

Mitten in der üppigsten Vegetation, etwas
abseits vom Fluss und der Siedlung, führte
sie ein Mitarbeiter des Gouverneurs auf eine
erhöhte Stelle, an der ein Steinhaufen lag.
Das war sehr ungewöhnlich, weil der Boden
sonst sehr tief war und die Errichtung eines
Fundamentes erschwerte. Größere und kleinere Blöcke mit kleinen Kerben und Einrit-
zungen lagen hier zuhauf. Vor langer Zeit
musste an diesem Ort schon einmal ein Gebäude gestanden haben. Als Eigentum der
Regierung war der Platz bereits abgesteckt.
Jetzt wurde er in einer kleinen Zeremonie mit
Brief und Siegel der Int.PlützAG übergeben.
Ein paar von den Einheimischen standen in
einiger Entfernung, redeten in ihrem unver-
ständlichen Dialekt und gestikulierten heftig
miteinander.
Friedhalm hatte sein Quartier am Flussufer
oberhalb des Anlegeplatzes aufgeschlagen.
Der erste Lastkahn mit Generatoren, Maschinen und Baumaterial war bereits vor
Anker gegangen. Ein Dutzend Arbeiter war
mitgekommen. Sie sollten am Schiff wohnen,
bis eine Schotterpiste zu jener Stelle gebaut
war, an der das Fundament vorgesehen war.
Weiteres Material war schon flussaufwärts
unterwegs. Auch die erforderlichen Hallen in
leichter Bauweise und ein paar Baracken als
Unterkünfte waren in Auftrag gegeben. Die
Zeit drängte.

Doch leider standen einige der Behausungen
der Einheimischen im Wege. Es waren mehr
Hütten als Häuser, ohne Fundament, aber
trocken und zweckmäßig. Sie sollten für Ladeplatz und Schotterpiste verlegt werden.
Schließlich würden im Endausbau täglich
LKWs die wenige hundert Meter zwischen
Anlegestelle mit Material, Rohstoffen und
Produkten hin und her pendeln und bräuch-
ten dabei genügend Platz, um ausweichen
und wenden zu können. Alleine das Granulat
zur Verarbeitung müsste aus den Containern
hier umgeladen werden, es betrug mehr als
zehn Fuhren täglich. Ein weiteres Zwischen-
lager sollte am Betriebsgelände entstehen.

80.
Das Haus des Gouverneurs befand sich auf
einem kleinen Hügel, von dem man die Anlegestelle und einen Teil der Siedlung überblicken konnte. Es war das einzige, das zur
Gänze aus Stein und Ziegeln gebaut war. Im
Erdgeschoss befand sich ein kleines Büro
und das Arbeitszimmer. Vor der Türe standen zwei Soldaten oder Polizisten, so genau
ließ sich das nicht erkennen.
Ich habe ein Jahr in Murcia studiert. Wissen
Sie, was es bedeutet, hier, unter diesen Verhältnissen zu arbeiten? Sind Sie Akademi-
ker?
Er schüttelte sich und spuckte aus.
Maria de la Fuensanta!

Friedhalm wusste nicht, ob diese Worte als Anrufung oder als Fluch gedacht waren.

Drinnen servierten zwei einheimische Frauen.

Es ist schade um diese Menschen. Sie haben andere Begriffe. Sie leben neben uns. Aber sie sind stur. Sie weigern sich, nach den zeitgemäßen Konzepten mit uns zusammen zu arbeiten.

Wir bieten es an, ihnen Dinge beizubringen, die ihnen helfen würden und sie lehnen uns ab. Meine Herren, Ihre Fabrik ist ein Beispiel für die ganze Region. Die Leute werden mit eigenen Augen sehen, was es bedeutet, zu arbeiten und zu Geld zu kommen. Wir werden sie in den Wirtschaftskreislauf integrieren. Erst wenn sie sehen, was sie sich dafür kaufen können, werden sie unser Geld akzeptieren.

Die Regierung hat noch niemals auf unsere Bedürfnisse Rücksicht genommen. Wir müssen das meiste selbst organisieren. Mein Wagen ist alle Augenblicke defekt. Keine Klimaanlage. Nach jeder Ausfahrt wird sie repariert. Es dauert keine Stunde Fahrzeit und sie ist wieder hinüber. Wie soll ich unsere Außenstellen kontrollieren, wenn ich völlig verschwitzt ankomme? Die Regierung untergräbt ihre eigene Autorität. Ich bräuchte ein Fahrzeug wie das Ihre.

Es lag auf der Hand, dass Friedhalm seinen Geländewagen, den er ohnehin kaum brauchte, dem Gouverneur anbot.

Dieser sprang auf und umarmte ihn herzlich.
Meine Unterstützung haben Sie. Kommen
sie, wann immer Sie wollen! Ich freue mich
darauf, wenn ich mich dafür eines Tages dafür erkenntlich zeigen kann.

81.
Bei der Feuchtigkeit, die überall herrschte,
war der Securitator vor allem damit beschäftigt, seine Gewehre rostfrei zu halten. Er
blieb im Hintergrund und es fiel kaum auf,
wenn er für ein paar Stunden verschwunden
war. Dann tauchte er an unvermuteter Stelle
wieder auf. Die längste Zeit blieb er für die
Augen der Arbeiter unsichtbar. Ständig war
er irgendwo unterwegs. Direkte Begegnungen
mit ihm gestalteten sich jedes Mal unerwartet
und überraschend.
Vor dem Mittagsregen ging er zumeist auf
Affenjagd. Ab und zu fiel ein Schuss.
Warum gerade Affen, fragte ihn dcr Gouver-
neur eines Abends.
Der Securitator blickte auf.
Sie sind schlau, sagte er. Und schnell. Von
Natur aus haben sie die besseren Karten.
Darum geht es ja, oder?
Geben Sie nur acht. Da drinnen leben mehr
Leute, als Sie sich vorstellen können. Seit ich
hier für Ordnung sorge, haben sie eine neue
Siedlung gegründet, sagte der Gouverneur.
Sie gehen uns aus dem Weg. Auch recht. Ist
nur ein paar Kilometer von hier. Ich weiß

längst Bescheid. Mich können sie nicht be-
eindrucken. Glauben Sie den Gerüchten
nicht. Auch, was Sie vom `Leuchtenden Tu-
kan´ hören. Das soll der Name eines Vereines
sein. Wir haben das im Griff. Die paar, die
weiter flussaufwärts gezogen sind, die können wir ohnehin nicht brauchen. Meinetwegen besuchen Sie sie. Mein Assistent wird Sie
begleiten.

82.
Weit öfter als es den beiden lieb war, wurden
sie vom Gouverneur zu sich gebeten. Eine
Zeitlang waren sie mehrmals die Woche in
seinem Hause zu Gast. Da es früh finster
wurde, verbrachten sie viele Stunden, in denen über dieses und jenes geredet wurde.
Der Gouverneur richtete immer wieder Fragen an sie, vorwiegend zu ihren Fortschritten
und ihren Zeitplänen. Sein Interesse ging
über die üblichen Erkundigungen weit hinaus. Jede Kleinigkeit, jede Einzelheit wollte er
wissen. Dabei verstand er rein gar nichts von
den Kostenfaktoren, von der Betriebswirt-
schaft und der Kalkulation. Er hatte so gar
keine Vorstellung von der Produktionsstraße,
die es aufzubauen galt, vom Material und
den Dingen, die hergestellt werden sollten
und wusste auch nichts von der Logistik, die
nötig war, sie in Betrieb zu halten. Aber er
ließ nicht locker. Je mehr Details er erfuhr,
umso hartnäckiger fragte er weiter. Wahr-

scheinlich musste er seinem Ministerium berichten, dachte Friedhalm, er hatte Flimms Einschätzung der Verhältnisse noch in lebhafter Erinnerung.

Es war offensichtlich, dass dieser Mann ein äußerst schwaches Gedächtnis besaß. Er begriff einfach nichts. Wer weiß, was in den Berichten über ihn zu lesen stand. Und der Securitator hockte daneben und blickte drein, als ob ihn das alles nichts anginge.

Wie geht es Ihrer jungen Freundin? fragte der Gouverneur plötzlich.

Der Securitator sagte weder ja noch nein dazu.

Friedhalm war verblüfft.

Kaufen Sie ihr ein Geschäft. In ein paar Jahren werden eine Menge Leute hier leben. Es liegt an Ihnen. Beantragen Sie die Konzession!

Der Securitator warf ihm einen langen Blick zu.

Kommen Sie morgen zu mir, sagte der Gouverneur, ich will mich für Sie verwenden.

Der Securitator dachte eine Weile nach, fast unmerklich nickte er.

In diesem Augenblick wurde der Pakt vor Friedhalms Augen geschlossen. Es bedurfte keines weiteres Wortes. Er war der einzige Zeuge ihres gemeinsamen Einverständnisses.

Das Erscheinen der Int.PlützAG und ihrer Mitarbeiter hatte große Unruhe verursacht. Wie stand der Gouverneur diesen Veränderungen gegenüber? Bisher war er der Einzige gewesen, der über ein Satellitentelefon verfügte. Das hatte sich nun grundlegend geändert. Mit der Int.PlützAG waren die Kontakte zur Außenwelt vielfältig geworden.

Das zog mancherlei Unsicherheiten und Unwägbarkeiten nach sich. Daher war es nur vernünftig, wenn man in Zeiten der Unsicherheit gegenseitige Verpflichtungen einging. Alles Nötige war mittlerweile gesagt. Nach den vielen gemeinsamen Abendunterhaltungen konnte es auf althergebrachtem Wege keine Fortschritte mehr geben.

Nur ein gemeinsames Projekt, eine gemeinsame Beteiligung oder eine Verschränkung von Anteilen konnte die Verhältnisse festigen. Das Übereinkommen des Securitators mit dem Gouverneur war ein wichtiger Schritt dorthin. Gerade in einer sensiblen Interessenslage am Rande der Zivilisation. Insgeheim dankte er seinem Begleiter für die Unkompliziertheit, mit der er seinen Vorlieben nachging und gleichzeitig zur Stabilität beitrug.

83.
Einer der Arbeiter zog Friedhalm zur Seite, er hatte sich mit den Bewohnern der Siedlung ein wenig angefreundet und ein paar Worte ihres Dialektes erlernt. Bald waren sie von freundlichen Gestalten mit glänzenden Augen

umgeben. Der Platz wäre nicht gut, hätten ihm die Eingeborenen bedeutet.

Warum? Friedhalm blickte erstaunt in die Runde.

Unverständliche Worte fielen.

Sie wogen die Köpfe.

Nicht gut. Nicht reden.

Wie sollte er diesem Aberglauben begegnen?

Eure Regierung hat uns diese Stelle zugeteilt.

Ihre Köpfe gingen hin und her.

Vom Gouverneur!

Sie verdrehten die Augen und schnalzten mit der Zunge.

Was sollte man da machen?

Sagen Sie ihnen, dass sie von hier weg müssen.

Die Bewohner der Hütten wurden unsicher.

Eine Weile sah es danach aus, als wären sie alle sehr beunruhigt. Aber vielleicht sah es nur so aus. Gleich lachten sie wieder und redeten schnell durcheinander.

Sie glaubten ihm nicht. Oder hatten sie ihn nicht verstanden?

Seinetwegen mochten sie fischen, jagen und ihr Gemüse anbauen, wo sie wollten. Hier war jeder Quadratmeter Boden fruchtbar, ohne Unterschied; aber ein Ladeplatz am Ufer und die Straßenverbindung waren für das Projekt unabdingbar.

Schon beim Entladen der Baumaschinen war es nicht ohne ein paar Beschädigungen abgegangen.

84.

Jedes seiner Angebote musste erst einmal umständlich übersetzt werden. Dann gab es viel darüber zu bereden. Der Tag verging mit Warten. Und ein weiterer.

Endlich kam die Antwort. Sie lautete weder ja noch nein. Friedhalm erhöhte sein Angebot. Als Beweis, dass er es ernst meinte, zog er das Geld hervor, das er bei sich trug. Voller Neugier griffen sie zu, sie betrachteten die Banknoten sehr genau, dann hielten sie diese in die Höhe, reichten sie weiter; sie lachten einander zu und gaben die Geldscheine zurück. Kein einziger fehlte.

Die Familien finden es in Ordnung, wenn sie in der Nähe des Ufers bei ihren Booten leben, wurde ihm gesagt.

Ungeachtet dessen machte sich Friedhalm abermals auf den Weg in ihre Hütten. Er trank bitteren Tee mit den Menschen. Sie waren freundlich und bewegten ihre Köpfe hin und her.

Seinen Vorschlag, für ihn und die Int.PlützAG zu arbeiten, hörten sie mit großer Aufmerksamkeit. Sie nickten, redeten heftig untereinander und wiegten abermals mit den Köpfen. Einer sagte etwas aus dem Stimmengewirr zu Friedhalm. Ihm wurde übersetzt, jedermann liebe sein Zuhause, den Fluss, die Bäume, die Sonne, den Regen und die Int.PlützAG. Als Friedhalm den Dolmetscher nach einer konkreten Antwort fragen ließ, wurde er nach langem Hin und Her auf morgen oder übermorgen vertröstet. So verging wieder eine Woche.

Es bedurfte schon einigen Ideenreichtums, die Arbeiter wenigstens für ein paar Stunden am Tag zu beschäftigen. Da war es nur logisch, dass sie sich die Zeit mit allerlei Schabernack vertrieben.

Einmal fingen sie ein junges Mädchen ab, das neugierig näher gekommen war, um ihre Maschinen und Werkzeuge zu bestaunen. Mit einem Mal war sie eingekreist. Da bekam sie es mit der Angst zu tun und wollte weg. Eine Weile schreckten die Männer die Kleine hin und her, dabei bekam sie ein paar Klapse auf den Popo ab und wurde in die Brust gezwickt. Das Unglück war schon geschehen, als der Vorarbeiter vom Gekreische des Mädchens aufmerksam geworden war und die Gruppe auseinander jagte.

85.

Friedhalm schlief schlecht. Vor seinem inneren Auge sah er die enormen Kosten und die Vergeudung von menschlichen Ressourcen. Was sollte er den Anrufern berichten, wenn vor der Mittagszeit das Telefon anschlug? In der fernen Zentrale von Plütz war es dann bereits später Nachmittag und es gab fast täglich jemanden, der einen Grund für einen Anruf hatte und sich wie beiläufig nach dem sonstigen Fortgang der Sache erkundete.

Ein zweiter Kahn mit Eisen, Zement und Sand hatte angelegt. Das Fundament sollte errichtet werden.

Friedhalm entschied sich spontan, ein Haus bauen zu lassen, ähnlich, wie es die Einheimischen benutzten. Dann lud er zur Besichtigung ein. Sie betrachten es neugierig, prüfen Türen, Fenster und Dach. Anerkennend nickten sie. Ganz offensichtlich gefiel es ihnen.

Friedhalm ließ binnen zweier Tage drei weitere Häuser aus dem Boden stampfen. Die Menschen klatschen. Wer tauscht sein altes Haus gegen ein neues? Da wurden sie ernst. Ihre Begeisterung war verflogen. Nein, sie bleiben in ihren alten Hütten.

86.

Es war keine Zeit zu verlieren. Mit jedem Tag kamen Kosten auf ihn zu, die in seiner Kalkulation nicht vorgesehen waren. Das Projekt geriet in Gefahr, aus dem Ruder zu laufen. Es musste etwas geschehen und zwar sofort. Also machte er sich auf den Weg zum Gouverneur. Doch großes Bedauern schlug ihm entgegen. Leider sei dieser gerade nicht da. Friedhalm hinterließ sein Anliegen, er kündigte sein Kommen für den nächsten Tag an und ging wieder davon.

Mit dem Bau der Straße konnte jederzeit begonnen werden. Alles war bereit. Nochmals

stieg er den Hügel zum Gouverneur hinauf.
Dort wurde ihm ausgerichtet, dass jener eine
dringende Dienstreise angetreten hatte, deren Ende nicht vorhersehbar war.

Friedhalm kehrte zurück und gab den Auftrag, sofort mit den Planierarbeiten zu beginnen. Der Motor der Schubraupe wurde ange-
worfen. Eine dunkle Dieselwolke stieg auf
und blieb in den Baumkronen hängen. Das
heisere Klopfen des Motors mischte sich mit
dem Klicken der Eisenglieder, als sich das
Fahrzeug in Bewegung setzte. Den Umstehenden dröhnten die Ohren. Langsam kroch
die Maschine vorwärts. Aller Augen waren
auf das Fahrzeug gerichtet, wie es sich Stück
für Stück der ersten Hütte näherte. Seine
Schaufel berührte gerade ein wenig die Au-
ßenwand und schon gab die Mauer nach. Ein
langer Riss tat sich auf, Lehmputz staubte
herab.

Eine Frau geriet in Panik. Sie lief mit ihren
zwei kleinen Kindern am Arm aus dem Haus,
ein drittes folgte ihr auf den Fersen.

Jetzt traten zwei Arbeiter in Aktion. Sie pack-
ten den Hausrat in Kisten, bereit zum Ab-
transport.

Es gab keinen Protest und keinen Widerstand. Zwei, drei, vier Häuser mussten noch
in sich zusammenfallen, dann war die
Schneise geschlagen. Der Schutt wurde
gleich in den Unterbau eingearbeitet.

87.
Es war sehr still im Ort geworden, weit stiller
als früher. Doch das fiel Friedhalm nicht auf,
denn er war meistens dort zu finden, wo die
Dieselmotoren nagelten und die Arbeiter mit
ihren Werkzeugen hantierten. Schließlich
liefen bei ihm als Koordinator alle Fäden zusammen. Zwar hatte auch er vernommen,
dass einige Familien freiwillig Platz gemacht
hatten oder fortgezogen waren, aber er nahm
sich nicht die Muße, lange darüber nachzudenken. Sein Projekt verlangte die volle Kon-
zentration. Schließlich galt es, die verlorene
Zeit rasch einzuholen.
Die Leute arbeiteten jetzt sogar nachts bei
elektrischer Beleuchtung aus den Dieselagg-
gregaten, weil es da kaum regnete, was für
die Schalungs- und die anschließenden Be-
tonarbeiten günstig war.
Die Schotterpiste war nach wenigen Tagen
fertig. Das Fundament hatte nach einer weiteren Woche Gestalt angenommen. Jetzt
wurde der Bau der Hallen in Angriff genommen.
Da erreichte ihn die Nachricht, der Securitator möge binnen Wochenfrist in die Zentrale
zurückkehren.

88.
Auf dem motorisierten Lastkahn, der langsam den Fluss hinauf getuckert gekommen

war, begrüßte ihn ein junger Ingenieur. Im
Bauch des Schiffes ruhte der erste Teil der
zerlegten Produktionsstraße für das seinerzeit wegen seiner Haltbarkeit berühmte Plastikgeschirr der Marke Plütz. Der junge Mann,
der die Anlage begleitete, war ein Praktikant
und dieses war sein erster Auftrag.
Fiedhalm begutachtete die Ladung. Die Produktionsstraße für Kunststoffgeschirr war
über fünfzig Jahre alt und er kannte viele
Teile von ihr noch ziemlich gut.
Jeder Tag zählte. Wichtig war, dass die Anlage möglichst schnell ins Trockene kam.
Ihr Mahlwerk und der Mischer ließen sich
nur im Ganzen transportieren. Beide hatten
an die vier Meter Durchmesser und wogen
mehrere Tonnen. Bei jedem Regenguss befiel
ihn die Sorge, dass die Piste der Belastung
nicht standhalten könnte.
Er sah sich um. Die Gegend hier war vor allem sumpfig, feucht und windstill. Die üblen
Dämpfe aus der alten Anlage würden wo-
chenlang in dem Talkessel verharren. Jetzt
erinnerte er sich auch an die klebrigen Blätter im Gebüsch des Plütz´schen Stammwerkes hinter der Produktionshalle, vor deren
Berührung er zurückgeprallt war, als er einmal spätnachts hinter einer Ecke dringend
sein Wasser abschlagen wollte.
Abends saß er mit dem jungen Mann zusammen. Vor nicht mal zwei Jahren hatte der
Junge noch die Schulbank gedrückt, jetzt
strotzte er voller Ehrgeiz. Anhand der alten

Pläne, die er auch nächtens studierte, sollte
er die Produktionsstraße zum neuen Leben
erwecken.

Der Junge trank Tee, er selbst trank Bier aus
der Dose. Die Arbeiter schliefen schon, es
war ruhig geworden. Nur die Insekten zisch-
ten auf, wenn sie der Quarzlampe über dem
Eingang zu nahe gekommen waren.

In die Stille hinein fragte der Junge, wie steht
es mit der Stromversorgung, wann ist es damit soweit? Ich habe vom Staudamm aufwärts nicht einen einzigen Strommasten gesehen. Dass die Leitung im Boden verlegt ist,
kann ich mir nicht vorstellen.

Der Strom? Friedhalm fing zu schwitzen an.
Der Schweiß trat ihm auf die Stirne, er bilde-
te Tropfen unter den Achseln und auf der
Brust. In seinen Leistenbeugen stand das
Wasser und seine Hose klebte an den Ober-
schenkeln. Ja. Richtig. Der Strom.

89.
Mitten im tiefsten Schlaf fühlte sich Friedhalm von mehreren Händen gepackt. Er
glaubte zunächst an einen Alptraum.

Alles um ihn herum war in Bewegung geraten. Es ging viel zu schnell, als dass er in
seiner Schlaftrunkenheit eine Chance zu Ge-
genwehr gehabt hätte. Den Mund verklebt,
wurde er von ein paar dunklen Gestalten in
das Gebüsch geschleppt, bevor er noch richtig wach geworden ist. Er wurde weiterge-

zerrt, mitgeschleift, vorwärtsgestoßen, fiel über einen Ast in der Finsternis und schlug sich die Stirne auf. Nach einer qualvollen Zeit des Dahinstolperns, bei der er sich immer blutig kratzte und irgendwo anstieß, er wusste nicht wie lange, kamen sie zuletzt auf einer Lichtung bei ein paar Hütten an.

Ein ganz einfacher Verschlag, gerade mal mit einem Dach, wurde seine neue Bleibe. Von allen Seiten konnte er gesehen werden. Unterschiedliche Menschen, die er nicht kannte, reichten ihm Wasser und einen Essensbrei. Er verstand nichts.

Männer gingen vorüber, ohne ihn zu beachten. Von ihren Schultern hingen Gewehre, deren Läufe abgewetzt waren und an denen verbeulte Magazine steckten. Sie sahen heruntergekommen aus. Gefährlich war es allemal. Wenn sie beisammen saßen und in ihrem Kauderwelsch redeten, spielten ihre Finger fortwährend mit den Sicherungshebel und dem Abzug.

Der Querbalken der Hütte erinnerte ihn an eine Reckstange. Versuchsweise begann er sich an ihr hochzuziehen. Und als ihn niemand daran hinderte, tat er dies immer öfter. Friedhalm verzählte sich bei den Tagen und den Wochen. Er vergaß sich in der Tageshitze, er vegetierte. Bald hatte er es aufgegeben, über sein Schicksal nachzudenken, sich zu erinnern und er wusste schon längst nicht mehr, wie viel Zeit nach seiner Entführung vergangen war.

90.

Eine Gartenschere hatte sich in den tiefen Wald verirrt. Gleich nach ihrer Herstellung in einer Manufaktur in Südengland hatte sie die große Reise über den Äquator angetreten und war zunächst im Regal eines hauptstädtischen Fachgeschäftes mit dem Ruf der allerbesten Qualität angekommen. Nach einigen Wochen des Ausgestellt-Seins, in der sie mehrmals umgereiht wurde, war sie an einen Mann geraten, dessen Hände ganz offensichtlich mit Gartenarbeit noch wenig zu tun gehabt hatten, der sie aber sachkundig hin und her wog, prüfte und sich schlussendlich im Tausch gegen einige Geldscheine angeeignet hatte. Diese Männerhand überantwortete sie noch am gleichen Tag einer braungebrannten und faltigen Hand mit schwarzen Fingernägeln. Die wiederum gehörte einem Gärtner, der schon am Tag darauf mit ihr in den Rosenbeeten Blätter abzwickte, vor einem Haus im Kolonialstil in einem sonnenbeschienenen Vorgarten.

Ein paar Jahreszeiten verstrichen, bis sie nach einem barschen Zuruf, sich zu beeilen, in der Sonne liegengelassen wurde. Es dauerte keine Viertelstunde, da hob sie eine fremde Hand flugs auf und trug sie leisen Schrittes mit sich davon. Noch am selben Abend war sie verkauft, danach getauscht, oftmals unsachgemäß gebraucht, einmal sogar vergeblich als Papierschere verwendet, abermals eingetauscht, Drähte und Kabeln wurden mit

141

ihr abgezwickt, so lange, bis ihre beweglichen Teile gerade noch locker zusammenhielten. Danach blieb sie oftmals im täglichen Mittagsregen liegen, obwohl sie noch verwendet wurde, um abgestorbene Zweige abzuzwicken.

Je wertloser sie wurde, desto weiter war sie dabei den Flusslauf des Rio Gosso stromaufwärts gewandert, bis sie endlich im Lager des `Leuchtenden Tukan´ angekommen war, rostig, die Spitze abgebrochen, mit vielerlei Scharten, die Kunststoffgriffe geschrammt und verfärbt, unweit des Verschlages, in dem Friedhalm festgehalten wurde.

Eines Tages wurde Friedhalm aus seinem Verschlag geholt. Einige kräftige Gestalten warfen sich auf ihn und drückten ihn zu Boden. Ein Schmerz durchfuhr ihn und noch einer. Gewaltige Schreie lösten sich aus seiner Brust, sie stießen über die Lichtung in den Wald hinein und klangen noch lange in den Ohren nach. Es folgte noch ein längeres Orgeln und Winseln, bis es wieder still geworden war.

Im gewaltigen Rauschen des Mittagregens lag später die Gartenschere, auf der jetzt die Tropfen so zersprühten, dass sie einen lichten, dünnen Nebel um sie herum bildeten. Unterhalb dieses milchigen Scheines wusch der prasselnde Regen das Blut davon und ihre vom Rost zerklüftete Oberfläche trat wieder hervor.

91.

Die Int.Plütz AG hatte über Mittelsmänner
ein Poststück erhalten, das sie nicht länger
ignorieren konnte. Agnes war äußerst indig-
niert. Sie ließ einen verschmierten Brief auf
den Tisch fallen. Zwei geschrumpfte schwarze kleine Dinge purzelten heraus, alten
Dörrzwetschken ähnlich. Es waren die Reste
von Friedhalms kleinen Zehen.
Ich will den anderen Teil in Sicherheit wissen. Unversehrt. So schnell wie möglich.
Jetzt schlug die Stunde des Securitators. Ein
Wandtresor wurde geöffnet, der eigens für
besondere Zwecke installiert worden war.
Darin lagen Kuverts mit ausländischen Kon-
tonummern und Bargeld in verschiedenen
Währungen. Es bedurfte keiner Worte und
schon gar keiner schriftlichen Anweisung.
Eine Woche später schob sich gegen die
Stromrichtung ein Lastkahn ohne Namen
und sonstige Bezeichnung auf Höhe der Anlegestelle am Rio Gosso und ankerte mitten
in der Strömung. Es blieb auffallend ruhig an
Deck, bis ein Schlauchboot mit Außenbord-
motor und drei gut ausgerüsteten Menschen
am Schiff angelegt hatte. Sie waren von land-
ein gekommen, aber niemand hatte sie dort
gesehen. Danach rückte das Schiff nahe an
das Ufer heran. Ein wahres Feuerwerk von
Flugkörpern explodierte, es erfasste zuerst
die nächsten Hütten, gerade so langsam,
dass ihre Bewohner noch schnell davonlau-

fen konnten. Keine halbe Stunde war vergangen und ein Feuer hatte sich in die Siedlung hineingebrannt.

Unterdessen hatte das Schiff angelegt und einige Fahrzeuge ausgeladen. Sie durchquerten die Ortschaft, und fuhren immer weiter, bis der Wald den Lärm der Motoren verschluckt hatte.

In der folgenden stockdunklen Nacht glaubte manch einer Feuerschein zu sehen, wo keiner war, meinte beißenden Rauch zu riechen, wo ihm die eigene Nase sagte, das könne nicht sein. Klangen die Nachtgeräusche heute nicht anders als sonst? Anspannung, Befürchtung, Ungewissheit ging um. Wer ein Dach über dem Kopf hatte, blieb im Finstern sitzen, lauschte nach draußen und fiel zuletzt in einen unruhigen Schlaf, aus dem er immer wieder hochschreckte.

Lange vor der Morgendämmerung begann der Boden leise zu zittern. Fahrzeuge kehrten zur Anlegestelle zurück und rumpelten aufs Schiff.

Als die ersten Mutigen ihre Schlafplätze verlassen und Ausschau halten wollten, war das Schiff stromabwärts hinter der nächsten Flussbiegung verschwunden.

92.

Der mit solchem Aufwand Befreite befand sich in einem erbärmlichen Zustand. Seine Füße waren zur Unkenntlichkeit geschwol-

len, er delirierte. Auf dem schnellsten Weg
wurde er in ein Spital gebracht. Dort musste
er den Operateuren noch einige Stücke Ge-
webe opfern, damit die entzündeten Beine
überhaupt eine Chance auf Heilung bekä-
men.
Während er mit verbundenen Beinen, vollge-
pumpt mit entzündungshemmenden Mitteln,
seiner Gesundung entgegenfieberte, war der
Securitator abermals flussaufwärts gefahren
um den Gouverneur bei seinen Untersu-
chungen zu unterstützen. Der Überfall, der
jetzt in aller Munde war, hatte ganz offensichtlich der Straße gegolten, um dem Projekt
den Nachschub abzuschneiden. Die Rück-
sichtslosigkeit des Angriffes manifestierte
sich darin, dass die halbe Siedlung gleich mit
abgefackelt worden war. Zweifellos bestand
der `Leuchtende Tukan´ aus anarcho-
kommunistischen Gesindel, deren Anführer
sich mit ausländischen Berufsterroristen zu-
sammengetan hatten.
In einer feierlichen Erklärung verkündete der
Gouverneur, dass die Regierung mit unver-
minderten Kräften die Zivilisation und den
Fortschritt verteidigen werde. Sie würde sich
nicht von Kriminellen einschüchtern lassen
und den Kampf bis zum siegreichen Ende
fortzuführen.
Als Dank des Unternehmens für die erfolgrei-
che Verteidigung der Fabrik bot der Securitator dem Gouverneur an, ihm den neuen Geländewagen als Bittleihe für alle Zeiten zu

überlassen. Gerührt über so viel Großzügigkeit drückte der Beliehene dem Securitator die Hände. Und beim anschließenden gemeinsamen Abendessen entwickelten die beiden spontan ein weiteres aussichtsreiches Projekt. Sie kamen überein, neben der industriellen Produktion auch die Entwicklung des modernen Anbaues von Plantagengewächsen zu fördern. Es ging dabei um Früchte, Blätter und Samen, für die es in der industrialisierten Welt abseits der offiziellen Importe eine überaus rege Nachfrage gab. Der Securitator pachtete von der Regierung ein fruchtbares Grundstück flussaufwärts und wurde zunächst in groben Zügen in die modernen Anbaumethoden eingeweiht. Damit war er zum Partner des Gouverneurs und dessen großer Familie geworden.

Mittlerweile blieb die Gerüchteküche am Kochen. Der Schrecken, von dem so viele befallen worden waren, wanderte von Mund zu Mund. Erzählungen von furchtbarem Feuer, von Explosionen von Verletzungen und Tod wurden einer Siedlung zur nächsten weitergegeben. Und sie waren glaubwürdig, weil die nackte Angst und die Wehrlosigkeit aus ihnen sprach. Allerlei dunkle Vermutungen machten die Runde. Es wurde geflüstert, geraunt, getuschelt. Laut wurde nie gefragt. Aber das war nicht mehr nötig. Niemand glaubte der offiziellen Darstellung.

Auf dringendes Bitten der Regierung wurde drei Wochen später der humpelnde Friedhalm als bedauernswertes Opfer der Terroristen präsentiert, weswegen ein ganzes Entwicklungsprogramm auf Eis gelegt werden musste.

93.

Der `Leuchtende Tukan´ war fürs erste Geschichte. Es lagen eine Menge verkohlte Äste, Stämme und Blätter herum. Auf jedem Schritt begegnete man Resten von menschlichem Besitz, wie Kleiderfetzen, einem Löffel oder einem Lederriemen. Etwas abseits fiel dem aufmerksamen Auge ein größerer Erdhügel auf. Was sich darunter befand, konnte keiner sagen. Es hatte sich niemand die Mühe gemacht, nachzugraben.

Der Korrespondent einer Zeitung, deren Name mit –libertad oder so ähnlich endete, war durch die Gerüchte aufmerksam geworden. Er machte eine Reihe Aufnahmen von den abgefackelten Häusern der Siedlung am Rio Gosso und der Anlegestelle. Auch leergeräumte Hütten wurden ihm gezeigt, sie ergaben ein völlig anderes Bild, denn die Zeitabläufe passten nicht zusammen und es waren keine kausalen Zusammenhänge zu erkennen.

Der Journalist erreichte sogar die beschriebene Stelle tief im Wald, von der nirgendwo berichtet worden war. Die Fotos, die dabei zustande kamen, waren leider völlig unspektakulär. Allerdings konnte er mit ein paar verschreckten Leuten sprechen und ließ sich die Namen der Toten, der Verschwundenen und Verletzten geben. So ziemlich alles widersprach hier den Darstellungen der Regierung, die sich ja auf einen Terrorangriff der Gruppe des `Leuchtenden Tukan´ bezogen hatte, der heldenhaft zurückgeschlagen worden war.

Der Gouverneur war auf Dienstreise gewesen. Zu den Stromschnellen. Andere wollten ihn an der Küste beim Baden im Meer gesehen haben. Sein Geländewagen parkte vor dem Haus. Er war völlig unbeschädigt geblieben.

Mit wenigen Indizien, aber mit vielen drängenden Fragen im Gepäck kehrte der Journalist zurück. Als der Dampfer, auf dem sich wenige Passagiere befanden, im Mündungsgebiet des Stromes seinem Ziel entgegentuckerte, schon in Sichtweite der Hauptstadt, lehnte er sich im Unterdeck über die Reling, um noch einige Fotos zu machen. Niemand war zugegen, als er ins Wasser fiel. Niemand holte Hilfe, niemand konnte ihn retten. Die Polizei beschlagnahmte im Hafen sein gesamtes Gepäck. Im Zuge der nachfolgenden Erhebungen wurde festgestellt, dass er gemeinsam mit beiden Kameras, seinem Laptop und allen Speicherkarten untergegangen war.

94.
Die wiederkehrenden Zeitungsberichte über

die Entführung und Rückkehr Friedhalms waren der Int.PlützAG ein Dorn im Auge. Je länger dieser Zustand dauerte, desto geschäftsschädigender wurde er empfunden. Man konnte nie wissen, welchen Verlauf die Geschichte nehmen und wie die Medien eines Tages reagieren würden, wenn irgendwelche Details ans Licht gezerrt wurden, von denen man jetzt noch nichts wusste.

Der Securitator erhielt die Anweisung, den Verletzten so schnell wie möglich außer Landes zu bringen. Zu Hause sollte Friedhalm dann ein möglichst unauffälliges Leben führen. Man war entschlossen, ihm ein großzügiges Angebot zu unterbreiten.

Also klopfte eines Tages der Securitator an sein Krankenzimmer und erkundigte eingehend sich nach seiner Transportfähigkeit. Hilf mir mal, aufzustehen, bat ihn der Genesende. Als er sich im Gehen auf den Rücken seines Besuchers stützen wollte, zuckte dieser unwillkürlich zusammen. Da bemerkte er unter dem Hemd auf dem Rücken des Securitators Vernarbungen von tiefen Striemen und Kratzern, alle schlecht ausgeheilt, wie von kleinen spitzen Messerchen oder scharfen Krallen gezogen. So war es also. Der Mann war vielleicht halb so alt wie Agnes. Friedhalm wusste nicht so recht, ob er Mitgefühl für ihn aufbringen sollte. Während er noch im Zweifel war, beobachtete er ihn von der Seite, ähnlich, wie ein Tierzüchter ein soeben ersteigertes Lebendexemplar betrachtet. Er musste trotz seiner eigenen Behinderung sogar ein wenig lächeln.

95.

Im äußeren Teil der vormaligen Plütz´schen Industriewerke, nahe der Grenzbachstraße, befand sich ein Gebäude, das deutlich niedriger war als die umstehenden. Es handelte sich dabei um die frühere Wäscherei. Sie stammte aus einer fernen Zeit, in der bei Plütz noch Arbeitsbekleidung und Handtücher ausgegeben und gewaschen worden waren. Dach, Fenster und Kamine waren in brauchbarem Zustand, vermutlich weil sich das Gebäude immer im Windschatten der hohen Schlote befunden hatte.

Der größte Teil des Bodens war vor vielen Jahrzehnten verfliest worden und bis zum heutigen Tag intakt. Die elektrischen Leitungen und die Heizung hatte man erneuert, weil sich hier ein Kontrollpunkt für den früheren Sicherheitsdienst befunden hatte. Der Wachdienst, der das Areal viele Jahre lang als Wendepunkt ansteuerte, brauchte es nicht mehr.

Einstmals hatte es rund um die Produktions- und Lagerhallen mit ihren langen Laderampen einen befestigten Platz gegeben, der Tag und Nacht beleuchtet war. Jahrzehntelang waren rund um die Uhr Transportfahrzeuge angekommen, hatten geladen und waren wieder davongefahren. Nun wuchsen die Brombeeren meterhoch, dazu sogar ganze Bäume. Sie hatten an vielen Stellen mit ihrem Wurzelwerk die Betonplatten gesprengt. Das Laub etlicher Jahre war wiederum zu einer dünnen Erdkrume geworden, auf dem seinerseits Gräser zu wachsen begannen. Manchmal huschte etwas durch das Gebüsch. Vermutlich befand sich jemand auf der Suche nach einem kostenfreien Quartier. Von der Wäscherei schlängelte sich ein Weg bis zur Einfahrt, dem früheren Bürogebäude und dem Pförtnerhaus, dem jetzigen Standort des Wachdienstes. Friedhalm wurde bedeutet, er möge dort, weit hinten, einziehen und sich so lange ruhig verhalten, bis Gras über die Angelegenheit gewachsen sei. Bis dahin solle er das ganze Gebäude als seine Dienstwohnung betrachten. Je nach Entwicklung der Dinge müsse er mit ein paar Monaten bis Jahren rechnen, hier im Standby-Modus zu verbleiben. Bis dahin werde er ganz offiziell als Verwalter fungieren und einen monatlichen Bezug erhalten. Verboten sei ihm jedes Gespräch zu Firmenangelegenheiten mit fremden Personen, aber das wäre ja auch in seinem höchsteigenen Interesse. Ansonsten könne er dort völlig normal leben, Besucher und Gäste empfangen. Je familiärer und damit unauffälliger es bei ihm zugehe, desto besser wäre es.

96.

Friedhalm war in seinem neuen Domizil noch
gar nicht richtig heimisch geworden, da vernahm er einen Personenwagen, der im
Schritttempo herangefahren kam. Genau vor
dem Eingang hielt das Fahrzeug an. Er hörte,
wie der Motor abgestellt wurde und eine Au-
totüre zufiel. Frauenschuhe klapperten die
Stufen herauf. Dann, vermutlich nach einer
Weile des Suchens, denn es gab keine Klin-
gel, klopfte es an der Türe. Friedhalm war
bereits hinter die Eingangstüre getreten. Er
wartete noch drei Sekunden, dann öffnete er.
Eine gute gekleidete, nicht sonderlich attrak-
tive Dame stand ihm gegenüber. Ein kurzer
Windstoß kam von den Büschen her. Es roch
ein kleinwenig nach ranziger Milch.
Der Kontakt zu meinen Eltern ist abgerissen.
Ich brauche Deine Unterstützung.
Erst als er ihre Stimme vernahm, wusste er,
wer ihm gegenüber stand. Löwenlieschen.
Wie hast Du mich gefunden?
In den Zeitungen stand von der Entführung
und Deiner Rückkehr zu lesen. Wo sonst hät-
te ich zu suchen beginnen sollen?
Langsam, ganz langsam ging er auf sie zu.
Seine Augen forschten in ihren Gesichtszü-
gen.
Sie hielt seinem Blick stand. Eine weitere
Reihe von Sekunden verging.
Friedhalm wagte kaum, Atem zu holen, wäh-
rend die Gedanken die Vergangenheit im
Zeitraffer auferstehen ließen.

Langsam öffnete er seine Arme. Mitten in der Bewegung hielt er wieder inne.

Es war kein weiteres Wort gefallen. So sehr er danach suchte, er konnte nicht die geringste Regung in Löwenlieschens Gesicht ausmachen.

Dann ließ er seine geöffneten Hände sinken.

Es war nicht alles falsch, sagte Friedhalm.

Da machte Löwenlieschen einen entschlossenen Schritt nach vor.

Du hilfst mir, meine Eltern zu finden. Deswegen bin ich hier.

97.

Friedhalm blieb nichts anderes übrig, als einen Flug für zwei Personen nach Transkapitalien zu buchen. Ein paar Tage später war es soweit.

Sie trafen einander am Flughafen.

Die Reise verlief äußerst unbequem. Seine Narben schmerzten wieder, sein Gang blieb ein wenig unsicher. So sehr er sich durch Gesten und Höflichkeiten um ein gutes Einvernehmen mit seiner Begleiterin bemühte, sprach sie nur das Allernotwendigste mit ihm.

Eine Weile standen sie im Dunkel unterhalb der Leuchtbuchstaben des Eroporto Tranzkaptalice und warteten auf ein Taxi. In tiefer Finsternis bezogen sie ein ungelüftetes Hotelzimmer. Sie wussten nicht, in welchem Stadtteil sie sich befanden.

Er lud sie mit einer Handbewegung ein, vor
ihm ins Bad zu gehen. Lass uns wie zwei
vernünftige Menschen miteinander umgehen,
bat er.

Ehe er noch richtig ausgesprochen hatte,
erhielt er eine Ohrfeige von solcher Wucht,
dass ihr Klatschen von den Wänden wider-
hallte. Als sie aus dem Bad zurückkam,
drehte sie einfach das Licht ab. Friedhalm
musste im Finstern ins Badezimmer stolpern,
in dem es jetzt ein wenig nach ranziger Milch
roch. Nach seiner Abendtoilette wagte er
nicht mehr, das Licht anzumachen. Mit vor-
gestreckten Händen tastete er nach seiner
Bettseite. Er hörte sie schnarchen. Seine
Beine schmerzten. Das getroffene Ohr gau-
kelte ihm allerlei Geräusche vor. Er befand
sich in einer Lage, die, wenn er sie betriebs-
wirtschaftlich analysierte, rasch beendet
werden musste. Ihm fehlte die Kraft dazu.

98.
Es war geplant, dass sie den folgenden Teil
ihrer Wegstrecke mit der Bahn reisen sollten.
Der Umstieg geriet zu einem Fiasko. Sie
brachten einen ganzen Tag damit zu, um
Sitzplätze zu reservieren. Erst für den über-
nächsten Tag hatten sie Aussicht auf Billets.
Die Wartezeit gestaltete sich für ihn höchst
ungemütlich. Das hatte auch mit Löwenlieschen zu tun. Einmal schöpfte er tief Atem,
um eine Frage an sie zu richten. Zu seinem

Glück begegnete er rechtzeitig ihrem Blick.
Gerade noch gelang es ihm, die Luft anzuhalten. Zu lange, um sie später unbemerkt
aus seinen Lungen entweichen zu lassen.
Bald schwindelte ihm und er musste zur Seite treten, sich abstützen und lange aus- und
einatmen, bis er wieder beisammen war.
Danach schlugen sie miteinander schweigend
die Zeit tot. Das war doppelt unangenehm,
weil die Menschen in Tranzkaptalice vorzugsweise besonders laut zueinander sprachen, ja sogar häufig miteinander schrieen.
Bei außergewöhnlichen Anlässen brüllten sie
geradezu drauf los. Nicht der Verkehrslärm –
dazu fuhren zu wenige Autos- sondern das
fortwährende Geschrei und Gezeter nervte
Friedhalm. Sie gingen ein wenig auf und ab.
Hinsetzen war nicht möglich. Es gab zwar
öffentliche Bänke, die waren allesamt mehr
oder weniger schadhaft. Die Lokale, an denen
sie vorbeigingen, sahen wenig einladend aus.
Es mangelte an Zerstreuung, es mangelte an
allem und jedem.
Kamen sie unter geöffneten Fenstern vorbei,
mussten sie sich in Acht nehmen, nicht von
weggeworfenen Gegenständen getroffen zu
werden.
Die Gehsteige verdiente ihre Bezeichnung
nicht. Unvermutet taten sich tiefe Löcher auf.
Friedhalm war das nicht gewohnt. Gerade in
seiner verletzlichen Lage musste er doppelt
aufpassen, um sich nicht gleich die Beine zu
brechen.

So bewegten sie sich vorsichtig auf dem ungewohnten Terrain. Das fiel natürlich auf. Es war ein leichtes, sie als Fremde auszumachen. Friedhalm ging im zweifachen Sinne wie auf Nadeln dahin, plagten ihn ja nach wie vor seine Narben an den Füssen.
Das gemeinsame Abendessen im Hotel verlief dann beinahe tonlos. Nein, mit ihr war nicht zu spaßen.

99.
Die Mehrheit der Bewohner ganzer Landstriche schien von rohem und weniger gebildeten Naturell zu sein. Friedhalm beobachtete durch das Eisenbahnfenster einen Mechaniker vor seiner Werkstatt. Dieser bearbeitete den Motor eines Fahrzeuges mit einem Hammer, um ihn zum Anspringen zu bringen. Der Besitzer des Fahrzeuges schaute dem Treiben dabei ungerührt zu.
Viele Maschinen waren defekt oder rosteten am Straßenrand vor sich hin. Es machte den Anschein, als wollten die Bewohner sich nicht mit Instandhaltungsarbeiten abgeben. Technische Dinge hätten zu funktionieren, andernfalls ließ man sie einfach liegen.
Die Menschen gingen auch sonst überaus grob mit allem und jedem um. Es gab sogar noch einzelne Fuhrwerke, die von Pferden oder Ochsen gezogen wurden. Die Tiere sahen abgemagert und ungepflegt aus. Wenn es aus irgendeinem Grund nicht mehr weiter-

ging, droschen ihre Besitzer so lange hin, bis das Vieh sich vorwärts bewegte oder umfiel. Friedhalm sah, dass Menschen einander mit Steinen bewarfen oder im Zorn zerschlugen, was sie gerade angefasst hatten. Gegenstände des täglichen Bedarfs wurden wohl öfter im Jähzorn weggeworfen als repariert.

Kinder mit Echsenaugen drängten sich heran, um Münzen zu ergattern. Zbalata, riefen sie. Wenn man nicht acht gab, hatten ihre kleinen Fingerchen schon die Hosentaschen durchwandert.

Die Eisenbahnfahrt geriet mit ihren Begleitumständen zu einer quälend langen Reise, denn der Zug rumpelte mit wenig Geschwindigkeit dahin und hielt minutenlang in unbedeutenden Haltestellen. Der Kunststoffbezug der Sitze war klebrig und brüchig, man geriet auf ihm sogleich ins Schwitzen und wusste sich dagegen nicht zu helfen. Jeder Griff, jede Schnalle, die sie berührten, hinterließ auf ihren Handflächen ein wenig von dem schmierig-klebrigen Rückstand eines Belages, von dem alle Dinge überzogen waren, die zuvor durch viele fremde Hände gegangen waren.

Es konnte passieren, dass man freundlich um Auskunft fragte und der Angesprochene sich mit einer Miene erhob, als wollte er jederzeit auf den Fragenden losspringen. Überhaupt waren Raufhändel gang und gäbe. Dennoch hörte man niemanden um Hilfe rufen, nur ein Gurgeln aus zugeschnürten Kehlen oder das Knacken von Gelenken und Knochen.

Viele Menschen waren offensichtlich beschädigt: die Nasen schief oder geknickt, die Zähne ausgeschlagen, die Beine verdreht, steife Gelenke, Ohren oder ganze Haarteile ausgerissen.

Er glaubte, verstanden zu haben, wie jemand am Nachbartisch gleichmütig erzählte, dass ein Vater im Zorn seiner Tochter mit der Faust das Auge ausgeschlagen habe, eigentlich keine Besonderheit, denn so ging es in vielen Familien eben zu, aber in diesem Falle sei es das zweite Auge gewesen.... und je länger er darüber sinnierte, umso wahrscheinlicher schien ihm dies. Zuletzt war er sicher, dass ihm seine Vorstellungskraft keinen Streich gespielt hatte.

Um die allgemeine Lage zu mildern, gab die Regierung ein trübes Getränk aus, das, mit Wasser verdünnt, die Menschen dazu brachte, eine Weile still dazusitzen und vor sich hinzustarren.

100.

Das Taxi fuhr eine lange Mauer entlang, von der immer wieder Teile des Verputzes abgebröckelt waren. Die Einfahrt zur Stadt der Senioren war verschlossen; Löwenlieschen und Friedhalm mussten aussteigen. Kaum hatte Friedhalm bezahlt, fuhr der Taxilenker auch schon davon. Es gab einen Seitenein-

gang für Fußgänger. Der stand einen Spalt
breit offen, aber er klemmte und ließ sich
weder auf noch zu bewegen. Also zwängten
sie sich durch das Gittertor und betraten die
weitläufige Parkanlage. Sie war offensichtlich
vor ein paar Jahren mit großem Aufwand
errichtet worden, aber seither hatte sich
niemand um ihre Erhaltung gekümmert. Er
sah die desolate Reihenhaussiedlung, deren
Fassaden vom Regenwasser getränkt waren,
weil sich niemand die Mühe gemacht hatte,
im Herbst die Dachrinnen vom Laub zu befreien. Auf den Wegen wuchs Unkraut. Alle
paar Meter stand eine Bank aus billigem
Kunststoff, der mittlerweile porös war, sodass
die Oberfläche von Schmutz und Moos bedeckt war und kein Mensch, so er auf seine
Kleidung achtete, darauf Platz nehmen wollte. Die Wegleuchten standen schief in den
Wiesen; bei etlichen fehlten Lampen, Gläser
und Einfassungen. In der Ferne glaubte er,
eine Frau in Schwesternkleidung eilig verschwinden gesehen zu haben. Die Scheibe
der Eingangstüre hatte einen riesigen
Sprung, der mit Kreppband überklebt war.
Ein Mann stellte sich in den Weg.
Prozistrok ne ütker.
Friedhalm schüttelte den Kopf, Prekedevic!
Stop!
Prekedevic! Dazu hob er die Hand und
streckte zwei Finger aus.
No. No. No. Stop.

Friedhalm hatte das Treppenhaus entdeckt.
Er schob den Menschen beiseite und ging
auf seinen nicht ganz sicheren Beinen in den
zweiten Stock. Dort angekommen, begann er,
von Löwenlieschen unterstützt, die Türen der
Reihe nach aufzureißen und Prekedevic?!
hineinzufragen.
Erschrockene, verstörte Gesichter blickten
sie an. Schließlich fand sich eine Frau, die
herumdruckste und dabei nach oben deute-
te. Friedhalm machte auf der Stelle kehrt.
Zva stronji! rief es hinter hinten her und von
oben kam es, *proc tunski eljaban!*
Gemeinsam erklommen sie die Stufen. Am
Ende der Treppe wurden sie von einer Gruppe aus Hauspersonal und Pflegern erwartet
und am Weiterkommen gehindert.
Prekedevic!!?, dröhnte Friedhalms Stimme
ein letztes Mal. Dann musste er sich der Grif-
fe derer, die ihn gegen die Wand zu drängen
versuchten, erwehren.
Im entstehenden Tumult gingen einige Türen
auf und Löwenlieschen entdeckte in dem
Durcheinander einen ihr bekannten Haar-
schopf: Sie tat einen Schrei und befreite sich,
in dem sie sich sehr klein machte und unter
der Menschenkette durchtauchte.
Gleich darauf drückte sie ihre Mutter an
sich.

101.
Die Hochspannung war mit einem Mal verflo-

gen. Friedhalm lehnte an der Wand und atmete schwer. Die Menschen um ihn waren zurückgewichen. Er zeigte auf die Zimmertüre, hinter der Löwenlieschen mit ihrer Mutter verschwunden war. Man ließ ihn passieren. *Krocic za plone. Na wrytzka.*
Der Raum, in den er nun eintrat, war hell und auf den ersten Blick gar nicht so übel eingerichtet. Es fand sich alles, was der Mensch so braucht, in leidlichem Zustand: Garderobe, Einbaukasten, Doppelbett, Tisch, Sesseln, zwei Fauteuils mit Stehlampe am Fenster, dazu gerahmte Kunstdrucke an den Wänden. Die Türe nach nebenan zu Dusche und Toilette stand offen. Die beiden Frauen saßen an der Bettkante und hielten einander an den Händen.
Doch je länger er das Zimmer betrachtete, umso größer wurde seine Irritation. Jedes Fädchen der Bettdecke, des Vorhanges, der Polsterung war von einer anderen Substanz als der, die er gewohnt war. Was er rundum erblickte, blieb ihm im Wesenskern fremd. Andere Hände hatten die Möbelstücke angefertigt, nach ganz ähnlichen Techniken wie er es kannte und dann doch wieder nicht nach seinem Gefühl. Geschmack, Handwerkskunst, Farben und Musterung, überall fehlte in seinen Augen das kleine Bisschen, das ihm eine vertraute Herkunft vermittelte.
Jetzt bekam er auch die Beklommenheit mit, die sich hier eingenistet hatte. Es fehlte die Reckstange, an der man sich wenigstens hät-

te hochziehen können. Er dachte an Pritsche, Decke, WC-Muschel und eine versperrte Türe, an die Zeit, die er –wie er meinte- in ähnlicher Umgebung zugebracht hatte.
Löwenlieschen wandte sich an ihn. Er fuhr zusammen.
Meinem Vater geht es sehr schlecht. Es ist besser, Du bleibst hier. Ich sehe nach ihm.
Gleich darauf war sie davon.

102.
Die Frau des Professors hakte sich bei ihm unter.
Gut, dass Sie da sind. Hoffentlich ist es nicht zu spät. Sie werden uns helfen.
Friedhalm dachte an das letzte Zusammentreffen. Bitterkeit stieg in ihm hoch.
Wie ist der Junge damals ums Leben gekommen?
Nein! Bitte nicht jetzt!
Ich kann jederzeit gehen.
Sie wich zurück.
Sie wären bereit, uns im Stich zu lassen?
So ist es.
Ersparen Sie sich die Mühe. Es hilft ja doch niemandem weiter.
Nein, ich bestehe darauf.
Ich muss Sie enttäuschen.
Überlassen Sie das mir. Was hat sich damals zutragen? Ich will es wissen. Genau.
Was ändert das?
Vielleicht für mich.

Das bringt doch niemandem etwas!
Wer kann das im Vorhinein behaupten?
Es ist eine böse Geschichte.
Ich bin darauf gefasst.
Dann stelle ich meine Bedingung: Sie werden mit meiner Tochter niemals darüber reden.
Das versprechen Sie mir, bei allem was Ihnen hoch und heilig ist.
Er dachte kurz nach. Was mochte das bedeuten? Und in die Stille hinein hörte er ihre Stimme.
Sie versprechen es mir bei der Seele eines jungen Menschen, der völlig unschuldig war.
Friedhalm fühlte sich wie erschlagen.
Einverstanden.

103.
Die alte Prekedevic wandte den Kopf hin und her. Ihre Augen wurden klein. Fünfzehn Jahre ist es her. Oder länger? Unsere Zwillinge hatten Begabungen. Einiges kam uns ungewöhnlich vor. Nicht, dass sie im Garten eine Falle für Tiere bauen wollten, sie waren zwei aufgeweckte Volksschüler. Bis heute weiß ich nicht, wer von den beiden die Idee hatte.
Aber sie versuchten es mit Strom. Seltsam, nicht? Sie nannten ihre Falle den `Elektrischen Stuhl´. Einer hatte das Wort irgendwo aufgeschnappt. Ich hätte es ihnen nicht zugetraut.
Und dann?
Was dann! Es hat funktioniert!

Friedhalm stöhnte auf. Wie ist das möglich? Jeder Stromkreis ist von einem Schutzschalter abgesichert. Die Sensoren sind hoch empfindlich, sogar bei den kleinsten Veränderungen der Stromstärke schalten sie ab.

Bedenken Sie das Alter! Sie waren noch keine zehn Jahre alt. Der Sicherungskasten war manipuliert. Sie waren sehr begabt, auf ihre Weise.

Wurde die Sache aufgeklärt?

Wo denken Sie hin?

Ich meine den Kasten.

Das ist alles.

Jemand muss sie gesehen haben. Wo hatten sie das Kabel her? Ich will die Wahrheit wissen!

Es hat eine Untersuchung gegeben. Was weiß ich. Die Polizei war da. Es war ein Unfall.

Wo ist das Protokoll?

Wie stellen Sie sich das vor? Nach bald zwanzig Jahren?

Und wer soll das glauben?

Sie zweifeln an meinen Worten? Und wer gibt Ihnen das Recht dazu?

Ich muss es wissen! Ich will die ganze Wahrheit erfahren!

Haben Sie sich der Wahrheit gestellt? Seinerzeit?

Es schien, als wollte er auf sie losspringen. Die alte Prekedevic machte einen Schritt auf ihn zu, ihre Hände fuhren nach vor, sie erwischten ihn an Jacke und Hemd. Ihre Finger schlossen sich zu Klammern.

Sieh es endlich ein! Was war der Anlass?
Erinnere Dich! Du hast Verpflichtungen. Auf
welche Weise wirst Du ihnen nachkommen?
Jetzt ist die Gelegenheit da. Also wirst Du
uns helfen.
Sie verstärkte ihren Griff nochmals, zog sei-
nen Kopf herunter, ihr Atem wehte ihm ins
Gesicht, und ich bin auch noch da.

104.
Plötzlich ließ sie los. Ihre Hand suchte nach
der Sessellehne. Sie atmete tief. Ihre Stimme
zitterte.
Zur Wahrheit gehört auch, dass es ohne Anlass nicht so gekommen wäre. Du weigerst
Dich immer noch, zu begreifen!
Dann senkte sie ihren Kopf und sah auf die
Sitzfläche des Stuhls vor ihr herunter. Mit
ruhiger Stimme fing sie zu reden an, als ob er
nicht mehr da wäre.
Vor ihrer Hochzeit mit Uzelac ging es wieder
besser. Ich erinnere mich an keine Verstim-
mungen. Ich hatte wieder Hoffnung. Uzelac
ist kein Unmensch. Wir waren sehr froh.
Die Komplikationen kamen später, mit der
Geburt der Zwillinge. Bis zuletzt ließ man
uns im Ungewissen. Der Arzt, der mit uns
redete, vermied es, uns in die Augen zu blicken. Ein medizinischer Sonderfall, versicherte er. Sie waren normal entwickelt. Aber
die Geburt! Höchst ungewöhnlich. Man stelle
sich das einmal vor! Als ob sie sich wehrten,

auf die Welt zu kommen! Die Chirurgen mussten ihr ganzes Können aufbringen, um die Verwundungen zu schließen.
Sie ist jetzt ohne ihre Gefühle, eine Besonderheit, sagte der Arzt.
Er sagte uns, dass sie lange bei ihr gesucht hätten. Die neusten optischen Hilfsmittel wären den Reparaturversuchen zur Anwendung gekommen. Die Stränge hätten sich aufgelöst. Vollkommen! Man stelle sich das einmal vor! Es gibt bei ihr kaum noch Nervenbahnen. Sie hat beinahe keine Empfindungen mehr! Sie davon abgeschnitten! Von ihren Gefühlen! Und der Mediziner stand vor uns und hat sich lautstark gewundert.
Eine Frau ohne ihre Gefühle. Ich wollte ich könnte ihr davon abgeben. Ich könnte gerne... ja... Empfindungen, die ich habe, was ihr fehlt, was ihr für alle Zeit fehlen wird.
Im Jahr darauf wurde sie nochmals operiert. Es brachte keine Verbesserung. Es war nicht leicht, sich damit abzufinden. Sie ist meine einzige Tochter. Hörst Du? Sie ist meine einzige Tochter. Das ist es.
Ja.

105.
Sie kippte unversehens nach hinten, er konnte gerade noch verhindern, dass sie zu Boden stürzte. Für einen Augenblick hing sie in seinen Armen. Er half ihr in einen Polstersessel und brachte ein Glas Wasser.

Das ist zu wenig. Es geht an meine Substanz. Unser Extrakt, wir erhalten es jeden Tag, es reicht wieder nicht. Es ist zu dünn. Ich habe die Oberschwester im Verdacht. Vielleicht lebt die alte Mutter bei ihr im Hause und sie zweigt einen Teil für sie davon ab. Aber wie soll ich das beweisen?

Er merkte an der Bewegung, mit der sie aus dem Glas trank und es wieder zurückstellte, dass es ihr wieder etwas besser ging.

Einige wenige vertragen es ganz gut, andere wieder sehr schlecht. Die Entscheidung fällt in den drei ersten Monaten. Die meisten kommen in dieser Zeit völlig herunter. Aber es gibt auch welche, die mehrere Monate hier sind.

Was ist das?

Wer hier bleiben will, der muss die Spielregeln einhalten. Der Einsatz ist für alle gleich: Extrakt. Die Schwester zieht es uns ab. Einmal die Woche kommt jeder von uns an die Reihe. Die erste Stunde danach ist besonders schlimm. Es bleibt Deine Sache, ob Du Dich wieder zurückkämpfst. Wer die Prozedur überstanden hat, ist für eine Woche aus dem Schneider.

Verstehe ich richtig? Sie bekommen und geben Ihr eigenes Extrakt?

Wer sonst nichts hat, muss sich am gemeinsamen Pool beteiligen. Die Direktion verlangt das. Sie meint, nur so ginge es für alle gerecht zu.

Wer sich aufgegeben hat, dem geht es auch
nicht schlecht. Er verschläft die meiste Zeit.
Es kann auch länger dauern, einige Tage o-
der Wochen. Ein Fortgehen, wie man sich es
nur wünschen kann. Aber ich werde nicht
sterben. Noch lange nicht. Und vor allem,
nicht hier.

106.

Ihre Augen wanderten unruhig hin und her.
Immer wieder blickte sie zum Fenster hinaus.
Nach den Enttäuschungen daheim wollten
wir nichts anderes als in Frieden leben. Das
hatten wir uns doch verdient!
Wir hatten zu spät bemerkt, dass der Kontakt nicht ständig gegeben war. Wer denkt
sich Schlechtes dabei, wenn die Wochenzei-
tung einmal nicht pünktlich ankommt?
Schließlich befanden wir uns im Ausland. Es
dauerte also eine ganze Weile, bis wir einse-
hen mussten, dass wir abgeschnitten waren.
Wir waren zu gutgläubig gewesen. Erst als
eine Woche lang gar keine Post mehr kam,
war unser Argwohn geweckt. Wo sollten wir
uns beschweren? Wir kannten ja niemanden.
Dann wurde uns mitgeteilt, dass die große
Umrechnungsreform stattgefunden habe. Wir
waren mit einem kleinen Vermögen hier her-
gekommen. Wir haben den Prospekten vertraut.
Es war ein Fehler, dass wir die Miete für unser Haus auf 25 Jahre im Voraus bezahlt

hatten. Der Vertrag ist nicht kündbar. Wir dachten, das wäre von Vorteil. Aber wir verstanden die Bedeutung der Zusatzklauseln nicht. Wenn die wirtschaftliche Lage eine Nachkalkulation erforderlich mache, wenn Währungsschwankungen einträten oder wenn der Besitzer wechselte. Alle drei Fälle sind eingetreten, alle drei zu unserem Nachteil.

War das nur Zufall oder Betrug?

Etwas von beidem. Wir waren außerdem verpflichtet, unser Geld hier zu tauschen. Der Kurs ist nicht so günstig, fanden wir. Der Name ihrer Währung ist *Zbalata*.

Ich weiß.

Vor einem halben Jahr wurde uns erklärt, dass unser Geld aufgebraucht sei. Die Papiere, die man uns vorlegte, hatten ihre Richtigkeit. Mein Mann hat alle Positionen nachgerechnet, er fand keinen Fehler.

Wir versuchten, zu telefonieren und zu schreiben. Niemand hob ab oder antwortete uns. Die Leitungen waren immer wieder verstopft, verlegt und wenn ich Luft holte, um einen Satz zu beginnen, war die Verbindung gleich wieder für ein paar Sekunden unterbrochen. Ich rief, ich redete, ich bat, ich flehte ins Nichts hinein. Wir waren verzweifelt. Unser Auszug stand bevor. Wir mussten in die Gewöhnungsabteilung.

Wie ging das vor sich?

Unser Standard sollte den vorhandenen Mitteln angepasst werden. Damit es nicht zu sehr wehtat, wurden wir von einem professionellen Team begleitet. Sie lobten mich sehr, denn ich erreichte den Level Transstation in Rekordzeit. Seitdem bin ich hier.

Und der Professor?

Er hat sich ihren Argumenten widersetzt. Er meinte, er könne auf sein Arbeitszimmer nicht verzichten. Sie haben ihn weggebracht. Er ist seit drei Wochen auf Level Schwebestation. Das heißt, von dort kommt man nur schwer wieder zurück. Ich kann ihm nicht helfen. Ich darf auch nicht mehr zu ihm. Er ist schon sehr schwach. Aber sein Kopf war bis zuletzt voller Pläne, hier liegen seine Papiere. Wir dürfen nicht vergessen, sie mitzunehmen.

107.

Friedhalm las die Überschrift: Der Mensch ist mehr als ein bloßer Kostenfaktor.

Er ließ das Blatt sinken. Mehr? Ja was denn? Prekedevic war in seinen letzten Lebensmonaten mit Sicherheit nervlich und gesundheitlich angeschlagen. Die Lebensumstände hier mussten für einen Menschen seiner Herkunft mit seinen Anlagen geradezu niederschmetternd sein.

Das kann ich so nicht an mich nehmen, sagte er.

Luise Prekedevic sah ihn böse an.

Warum bist Du gekommen? Was erwartest Du von uns?

Aus Gründen des Kostenfaktors? Da hättest
Du zu Hause bleiben müssen. Wir sind
nichts mehr wert. Dein Aufwand wäre anderswo besser angebracht.

Friedhalm hatte ihr nur halb zugehört. Seine
Gedanken kreisten vielmehr um die Frage,
was den Professor dazu gebracht hatte, seine
eigene Lehre derart zu verleugnen. Waren die
Gegner schon soweit vorangekommen? Er
war jederzeit bereit, den früheren Prekedevic
und seine Lehre zu verteidigen.

Aber es hieß auch, achtsam zu sein. Diese
Art von Aufzeichnungen konnte und wollte er
auf keinen Fall bei sich aufbewahren.

108.

Löwenlieschen kam atemlos zurück. Ich weiß
jetzt, wo er sich aufhält. Eine Dame, sie
kennt Dich als Nachbarin von früher, sie lebt
seit der Übernahme auf Zweihundertvier-
zehn, sie hat mir die Spielregeln erklärt, denen Ihr unterworfen seid. Ihr müsst so
schnell wie möglich weg. Sie hat mir auch
erzählt, dass die Ausgangstüren versperrt
sind.

Friedhalm schlug vor, die Verwaltung aufzu-
suchen oder besser noch die ärztliche Leitung. Oder die Direktion. Sie sollten sich un-
verzüglich auf den Weg machen und dabei
zusammen bleiben.

Gemeinsam traten sie auf den Korridor, die
Mutter in ihrer Mitte.

Alles blieb ruhig. Sie gelangten zu einem Aufzug. Friedhalm drückte den Knopf. Die Kabine kam auch nach einiger Zeit, doch zum Öffnen der Türe bedurfte es eines Schlüssels. Die Türe zum Stiegenhaus war versperrt, sie ließ sich nur von außen öffnen. Friedhalm rüttelte vergeblich.

Er lief auf die andere Seite des Ganges. Dort befand sich eine Türe, die ins Freie zu einer metallenen Feuerleiter führte. Friedhalm rüttelte auch hier vergebens. Sie war verschlossen. Dann machte er kehrt. Er irrte sich einige Male in der Türe, bis er endlich in das Zimmer zurückfand, aus dem er gekommen war. Von dort nahm er einen Sessel mit, um den Schließmechanismus der Gangtüre in Augenschein zu nehmen.

109.

Nach und nach öffneten sich verschiedene Türen, zunächst nur einen Spaltbreit, dann lugten manch weißer Kopf hervor und in den Sprachen des Kontinents raunte man ihm zu: *Ratunku...*
Segítség...Pomoc...Woíthia...Prosim, promoszte mi...Hulp...
Socorro...Unnsetning...Aidesz mois...Hjaelp....
Biträde.... Adjuto...
Friedhalm fand dieses Zischeln, Murmeln und Flüstern, teils aus verzogenen Mündern abstoßend. Hektische Flecken in den Gesichtern, aufgerissene Augen, zitternde Hände,

die Finger zu Krallen verbogen. Die Worte
wanden sich, als wollten sie ihn am Weiter-
gehen hindern, wie Köder, eigens für ihn
ausgelegt, ähnlich den Klebestreifen, mit denen bestimmte Insekten angelockt und ge-
fangen werden.

Nichts wie weg, war sein Gedanke.

Helfen Sie mir!

Ich bitte um Ihre Hilfe!

Sie sollen es nicht bereuen!

Ja, es waren auch Landsleute darunter, Alte,
Verwirrte, Kränkliche, hier ein Zischeln, daneben ein Raunen, dort ein offener Hilferuf.

Helfen Sie!

Umgeben von einer Menschenschar, die ihm
schon sehr nahe gekommen war, stand er
zuletzt am Sessel und untersuchte den
elektrischen Motor über der Türe, an dem er
einen Brandmelder zu erkennen glaubte.

Wenn er ihn aktivieren könnte, würde sich
die Türe wohl von selbst öffnen.

Hat jemand ein Feuerzeug, fragte er in die
Runde.

Niemand besaß eines.

Da traf es ihn wie ein Schlag, ein Schrei in
Befehlston, rechts von der Seite, eine Frauenstimme aus einem Lautsprecher neben
ihm, zuerst klang es wie *opranskje bisur e lop
fendrenk*, dann in verschiedenen Sprachen,
als gäbe es keinen Widerspruch, dann auch
in seiner Sprache, gehen Sie sofort auf Ihr
Zimmer zurück!

Einige Männer kamen schon die Stufen her-
aufgestürmt und Friedhalm hatte Mühe,
rechtzeitig von seinem Sessel herunterzuklet-
tern.

Eznatu pol de e fasc, nein, er ließ sie nicht
ausreden und er sagte immer wieder Direktor, Direktor, Direktor...Löwenlieschen schrie
Direktion und die Frau des Professors rief
nach dem Chef, dem Boss.

Unter solchen Begleitumständen erreichten
sie den Keller des Stiegenhauses. Sie wurden
durch zwei Türen durchgeschleust, fuhren
mit einem Lift ein Stockwerk hoch und gelangten in den anderen Teil der Anlage.

Hier herrschte ruhige Geschäftstätigkeit. Eines der Zimmer, zu denen die Türen offen
standen, war ausschließlich mit Regalen verstellt, auf denen sich Monitore befanden, vor
denen zwei Aufseherinnen in ihren Drehses-
seln lümmelten. Hinter anderen Türen, die
nur angelehnt waren, konnte man hören, wie
telefoniert wurde. Daneben wurden Tastatu-
ren angeschlagen, es klackerte heftig und
schnell, es wurde kopiert, gedruckt, mit Ord-
nern hantiert, eine Schublade ging auf und
klappte wieder zu.

110.

Sie wurden in einen Raum geführt, der sich
als Besprechungszimmer herausstellte. Zwei
Frauen erwarteten sie schon. Die Ältere der
beiden war um die fünfzig, ihr Gesicht war

grau und großporig. Mitten darin glänzten
ihre breiten Lippen in fettigklebrigem Kirsch-
rot. Sie stellte sich als Leiterin des Betriebes
vor und begrüßte sie der Reihe nach ganz
ohne Akzent. Sie nahm die Verwunderung
befriedigt zur Kenntnis und nickte.
Aber Löwenlieschen wollte schnell zur Sache
kommen, in ihrem Eifer wusste sie nicht, wo
sie beginnen sollte.
Meine Eltern, die schlechte Behandlung,
mein Vater in Agonie. Wo ist er? Die Zustän-
de, alles hier ist schrecklich. Keine vernünftige Ernährung! Die Menschen sind herunter-
kommen und eingesperrt. Sie können nicht
hier bleiben. Wo ist unser Reihenhaus? Es
gibt einen Vertrag. Sie haben viel Geld dafür
bezahlt.
Der Mund der Leiterin bildete nunmehr einen
rot glänzenden Halbmond wobei seine spitzen
Enden immer nach oben zeigten. Ihre Kopf-
bewegungen verhießen Zustimmung. Dann
begann sich der Halbmond in seiner Mitte
etwas zu bewegen, während seine Enden un-
beweglich blieben: er fing mit ihrer Stimme
zu reden an.
Unter anderem sprach er davon, dass der
frühere Eigentümer mit siebenhundert Bewohnern gerechnet hatte. Dass aber nur
vierhundert Verträge zustande gekommen
waren. Dass es nicht lange dauerte, bis er
mit seinen Kreditraten in Rückstand geraten
war. Dass die Rechnungen der Baufirmen
unbezahlt geblieben waren. Dass dem ange-

175

stellten Personal die längste Zeit der Lohn vorenthalten worden war.

Das klingt nach Luftgeschäften, nach Betrügerei, rief Löwenlieschen, sagen Sie mir, wer dafür verantwortlich ist. Ich will den Namen wissen!

Nennen Sie ihn Mitridi.

Wo finde ich ihn?

Die Leiterin machte eine Handbewegung, zugleich öffnete sich der Halbmond.

Fort. Es kam zu einem Prozess, er war kurz im Gefängnis. Keiner weiß, wo er sich aufhält.

Wo ist das Geld?

Das ist nicht unsere Aufgabe.

Na hören Sie!

Wir wurden gebeten, den Betrieb zu übernehmen. Händeringend. Die Regierung war uns dankbar, denn wir konnten die humanitäre Katastrophe gerade noch vermeiden.

Hier leben immer noch fast dreihundert alte Menschen, darunter viele pflegebedürftige, wobei die Behandlungskosten mit jeder Woche steigen.

Unsere Organisation verfügt als einzige über das nötige internationale Knowhow. Wir sind in vielen Ländern tätig, auf mehreren Kontinenten sogar. Und wir arbeiten hier an Verbesserungen, die wir Zug um Zug bei laufendem Betrieb implementieren. Aus Kostengründen ist unsere Personaldecke extrem dünn. Es braucht daher etwas Zeit, bis wir unsere Standards erreichen. Strukturveränderung im laufenden Betrieb, machen Sie das uns einmal nach. Wir sind die Einzigen, die das können.

Der glänzende Halbmond hielt inne.

Löwenlieschen protestierte.

Stadt der Senioren? Ich weiß, wie übel mit den Bewohnern hier umgegangen wird! Hören Sie, ich weiß Bescheid. Von den Spielregeln, von Ihren Spielregeln, die Sie den Leuten aufgezwungen haben!

Die Antwort kam postwendend.

Was den Skandal betrifft, stimme ich Ihnen zu. Er ist weit größer als Sie glauben. Denn Sie sind die Einzige. Niemandem ist bisher etwas aufgefallen. Man hat uns draußen schon längst vergessen. Am Anfang, da fließen die Tränen. Was für ein bewegender Abschied! Aber sobald die Verwandten ihre Alten in Sicherheit wiegen, interessiert sich niemand mehr für sie. Sie sind mit sich selbst viel zu sehr beschäftigt, um etwas zu bemerken. Einmal kommt die Nachricht. Einmal muss sie kommen. Hoppla! Mein Gott! Jetzt sind sie gestorben! Wer hätte das gedacht! Wie traurig! Und schon nächste Woche kommt die Urne mit der Post! Es ist immer das gleiche.

Löwenlieschen blieb ungerührt.

Ich verlange im Namen meiner Eltern das Geld zurück!

Es ist nichts da. Lesen Sie die Verträge. Meinetwegen nehmen Sie sich einen Rechtsanwalt. Versuchen können Sie es. Darf ich mal?

177

Die Frau wandte sich an ihre schweigsame Begleiterin und entnahm deren Mappe ein umfangreiches Schriftstück.

Da wären noch die Kosten, die uns bei einem vorzeitigen Austritt erwachsen. Wir müssen sie Ihnen in Rechnung stellen, wenn Sie Ihre Eltern mitnehmen möchten. Leerstand, Renovierung vor Neubezug, administrativer Aufwand, alles zusammen macht neunundzwanzigtausendzweihundert.

111.

Nun legte Friedhalm seinerseits beide Hände auf die Tischplatte, während sich sein Oberkörper weitete. Seine Gesichtsfarbe wechselte in helles Rot mit violetten Einsprengseln. Das Hemd spannte sich mehr und mehr um seine Brust, bis der dritte Knopf absprang, über die Tischplatte rollte, wo er in immer kleiner werdenden Kreisen nach einer Reihe von Sekunden zur Ruhe zu kommen sollte. Ein dumpfes Grollen war zu vernehmen. Alle sahen erschrocken auf, nur Friedhalm blieb ungerührt. Kam das Geräusch etwa aus seinem Brustkorb?

Der Blick der Leiterin wanderte von dem kreiselnden Knopf zu Friedhalm und dann wieder zurück. Ihr Mund bildete dabei für ein paar Sekunden ein kleines, erstauntes, rotglitzerndes Oh. Doch schon im nächsten Augenblick war der fette Halbmond an seine alte Stelle wieder zurückgekehrt.

Dieser sagte mit ihrer Stimme, die jetzt etwas verhaltener klang, ich schlage Ihnen vor, die einvernehmliche Regelung zu suchen. Die spitzen Winkel des Halbmondes blieben ohne Zucken nach oben gerichtet.

Eine kleine Pause entstand.

Unter Berücksichtigung des Umstandes, dass Ihr Reihenhaus unbewohnbar ist, wollen wir auf eine Ablösesumme verzichten. Aber ich stelle fest, dass dies kein Präzedenzfall für spätere Kündigungsfälle ist.

Friedhalms Stimme klang belegt.

Ich will den Professor sehen. Jetzt gleich. Und rufen Sie einen Krankentransport. Ich zahle bar.

Die beiden Frauen warfen einander einen kurzen Blick zu.

Krönji! Gedulden Sie sich. Warten Sie! *Strut! Opravo!*

Bringen Sie uns sofort zu ihm.

Die beiden Frauen waren pikiert.

Sie nehmen das Angebot an?

Aller Augen ruhten mit einem Mal auf Löwenlieschen.

Die hatte sich über das Schriftstück gebeugt.

Die Humusan AG als Rechtsnachfolgerin der Mitridi GesmbH war bereit, das Vertragsverhältnis mit ihren Eltern zu lösen. Ihre Bedingung: Verzicht auf Rechtsmittel, Verzicht auf spätere Forderungen.

Mitridi?!

An den können Sie sich wenden. Nachdem Sie ihn gefunden haben.

179

Und als sie mit ihrer Unterschrift noch immer zögerte, senkte der fetttriefende Halbmond seine Stimme.

Das ist schon in Ordnung. Wir müssen uns absichern.

Löwenlieschen und ihre Mutter sahen einander kurz und intensiv an. Dann unterschrieben beide, ohne ein Wort zu wechseln.

112.

Sie gelangten durch einige versperrte Glastüren auf die gesuchte Station. Dort waren die Türen zu den Zimmern weit geöffnet. In den Betten war es still. Mit jedem Blick begegnete ihnen eine Ausgezehrtheit, eine vollkommene Mattigkeit. Jede Bewegung war schlaff. Die Menschen befanden sich in verschiedenen Stadien der körperlichen und geistigen Müdigkeit. Sie hatten sich in ihre Lage ergeben.

Wer an dieser Stelle erwartet hatte, hier in eine Art Vorhölle zu geraten, der war am falschen Platz. Menschen, die sich im Besitz ihrer Kräfte wähnen, fürchten den offensichtlichen Niedergang reflexhaft oder fühlen sich abgestoßen. Sie alle wären von der Freizügigkeit, die hier herrschte, überrascht gewesen. Denn hatte sich der Mensch einmal mit seinem Schicksal abgefunden, so ließ es sich darin einrichten. Das Ende, das sonst alle verdrängten, geriet in Sichtweite. Wo es keine Alternativen gibt, wird es zum Ziel, das ohne

viel Aufhebens angesteuert wird. Sogar eine
gewisse Beschwingtheit war in der allgemeinen Aussichtslosigkeit zu entdecken.

113.

Prekedevic lag in einem der separierten Zimmer verloren in seinem Bette, denn er war
stark geschrumpft und faltig, ein Greis von
kindhafter Gestalt. Der Blick ging ins Leere.
Ergriff jemand seine Hand, so gab es kein
Erschrecken, keinen Widerstand, kein nervö-
ses Zucken der Muskeln. Völlig schlaff befand sich die Hand im Besitz des jeweils Zu-
greifenden. Sie war sehr dünn und fühlte
sich kalt an. Man meinte, noch einen Rest
von Leben in ihr zu verspüren, gerade so viel,
dass die Starre noch nicht eingetreten war.
Alles war bereit.
Eine beschwingte Gleichgültigkeit herrschte
in den Zimmern und Gängen vor, alle natür-
lichen Regungen des Lebens waren wieder
zugelassen, sogar das Lachen, die Fröhlich-
keit. Es ging ja um nichts mehr. Das Urteil
der Lebenden war gesprochen. Es brauchte
nur mehr ein Weilchen zugewartet zu werden.
Friedhalms Blick wanderte im Zimmer um-
her. Es war einigermaßen sauber. Auch die
Bettwäsche war in Ordnung, Prekedevic
machte keinen vernachlässigten Eindruck.
Die Leiterin sah Löwenlieschen an. Der
Halbmond unterhalb ihrer Augen bewegte

sich wieder.

Warum wollen Sie, dass er leidet? Wir sollten es ihm ersparen.

Nein, erwiderte Löwenlieschen mit einer Heftigkeit, die jedes weitere Wort ausschloss.

Das Gesicht mit dem Halbmond bewegte sich ein wenig zurück. Es war keinen Widerstand gewohnt. Prompt folgte ein zweiter Anlauf.

Er sollte in Ruhe gelassen werden. In seinem Zustand käme er jetzt am besten mit sich alleine aus. Ich sage das zu Ihnen als Ärztin und Direktorin.

Friedhalm mischte sich ein.

Warum sollte er nicht wieder auf die Beine kommen?

Das wäre ein Wunder.

Löwenlieschen fauchte.

Geben Sie ihm Infusionen. Ich bleibe hier bei ihm, so lange es nötig ist, bis es ihm wieder besser geht. Und meine Mutter bekommt auch Infusionen. Ab sofort!

Friedhalm gab ein zustimmendes Brummen von sich.

Die Umrisse des Halbmondes glänzten diesmal schmäler als vorhin, doch seine Winkel zeigten nach oben.

Das war der erste Schritt zur Rettung von Filibert und Louise Prekedevic.

114.

Keine zwei Wochen später war Friedhalm zurückgekehrt. Die verwilderte Stätte mit den

leeren Fabrikhallen und seiner kahlen Bleibe
gleich nebenan erschien ihm wie die Heim-
kehr ins Paradies.

Sein ausdrücklicher Wunsch war, die Erfah-
rungen mit Tanskapitalien und der Stadt der
Senioren zu vergessen. Er wollte sich nicht
mehr daran erinnern, nicht an die umständ-
liche Rückreise im Krankenwagen, nicht an
den Aufenthalt der Prekedevic´s im Spital der
Hauptstadt, schon gar nicht an die Wartezeiten im Hotel mit Löwenlieschen und die
Schikanen, die sie an den Grenzen erlebt
hatten.

Er wusste Löwenlieschen, den Professor und
seine Gemahlin zunächst einmal versorgt
und in Sicherheit. Und zum allerersten Mal,
seit er sich erinnern kann, wünschte er, sich
bloß einmal fallen zu lassen, einfach zu
schlafen, so lange ihm der Sinn danach
stand. Aber er wusste noch nicht, wie er es
nach der Unzahl von abenteuerlichen Begegnungen anstellen sollte. Darum lag er mitten
in der Nacht noch immer mit offenen Augen
in seinem Bett.

115.
Ein Taxi schlängelte sich mit aufgeblendeten
Scheinwerfern durch den vom Gebüsch um-
wachsenen Weg. Es hupte gleich mehrmals
sehr lange und laut. Sein Motor klopfte eine
ganze Weile im Stand, das helle Licht vor seinen Fenstern ging nicht weg. Friedhalm

sprang hoch, sperrte den Eingang auf und versuchte zu erkennen, was da draußen vor sich ging. Nun erst öffneten sich die Autotüren, drei Menschen fielen halb aus dem Fahrzeug.

Der Kofferraumdeckel sprang auf. Friedhalm blickt auf dreifaches Elend und Durcheinander von Koffern, Reisetaschen, Kartons, Plastiksäcken, auf das Ergebnis einer Vertreibung.

Theo Uzelac hatte die gemeinsame Reise von Löwenlieschen und ihrem Friedhalm nach Transkapitalien aus seiner ganz persönlichen Sichtweise bewertet und beurteilt.

Von der unerwarteten Rückkehr der beiden alten Prekedevics war er noch weniger angetan. Angesichts der Kulminierung solcher massiver Interessenskonflikte hatte er die Konsequenzen gezogen, und zwar auf seine besondere Weise. Er hat dem Löwenlieschen das Eckzähnchen ausgeschlagen und es mitsamt den Eltern aus dem Haus gejagt.

Das Ende
Vorläufig und glücklich

Erstens.
Löwenlieschen und Friedhalm haben sich
Tür an Tür im Wäschetrockenraum und im
Bügelzimmer im ersten Stockwerk der vormaligen Wäscherei eingerichtet. In den unteren
Lagerräumen des Erdgeschosses hausen die
alten Prekedevics. Sooft der Professor durch
die verflieste Halle schlurft, in der einstmals
eine riesige Waschmaschine gestanden hatte,
meint er, in seinen Hörsaal zurückgekehrt zu
sein. Vom Hall der eigenen Schritte verwirrt,
erhebt er jedes Mal die Stimme und begrüßt
seine unsichtbaren Zuhörer.
Trotz seiner Verwirrungen schreibt er täglich
eine Seite zum Thema, dass der Mensch
mehr sei als ein bloßer Kostenfaktor.
Dieses Blatt übergibt er nachher Friedhalm,
der es regelmäßig verschwinden lässt.
Haben Sie gelesen? Haben Sie verstanden?
Spirit. Der Spirit zwischen uns macht es aus.
„Das Weltgesetz vom Spirit". Wie finden Sie
das?
Kurz trägt sich Friedhalm mit dem Verdacht,
der Alte möge ein heimlicher Alkoholiker

185

sein. Im letzten Abschnitt seines Lebens, wo
der Geistesmensch die reichliche Ernte seines Jahrzehnte währenden Bemühens einfahren sollte, war bei Prekedevic offensichtlich ein Verfall eingetreten, der ihn geradewegs in den Mystizismus geführt hatte.
Friedhalm findet die offensichtliche Zerrüt-
tung dieses großen Mannes als bedauerli-
chen Schicksalsschlag. Er wäre bereit, viel
dafür herzugeben, damit der gute Ruf des
Professors der Nachwelt erhalten blieb. Währenddessen findet Frau Predekevic die zerknüllten Notizen ihres Mannes im Papierkorb. Sie schüttelt besorgt den Kopf, glättet
und ordnet die Blätter in einer Mappe, die sie
wiederum in ihrer persönlichen Lade ver-
staut.
In einem Winkel des Gartens wachsen vom
ersten gemeinsamen Sommer an Knoblauch
und Bohnen. Sie leben alle sehr gesund. Sogar der alte Prekedevic hat wieder rote Wan-
gen bekommen. Im Gebüsch hat er eine Stelle entdeckt, die er seinen Kraftplatz nennt.
Dort zieht er sich jeden Tag zwei mal zwanzig
Minuten zurück. Und er hat sich entschlossen, ungeachtet aller Beeinträchtigungen,
wenigstens vierundneunzig Jahre alt zu werden.

Zweitens.
Der Securitator hat den Aufenthaltsort Friedhalms bekannt gemacht: Eines Tages tau-

chen Zussi und ihr Mann Speedy auf. Sie überbringen seine kollegialen Grüße aus dem fernen Rio Gosso. Friedhalm ist nicht nachtragend, deshalb lässt er zu, dass das Pärchen das Areal genau in Augenschein nimmt. Beide sind von dem stacheligen Gestrüpp, in dem sie sich wie in einem Irrgarten bewegen, sehr angetan und erzählen, dass sie am Wesen der Gärtnerei höchst interessiert und auch ein wenig bewandert seien.

Speedy wünscht sich außerdem nichts mehr als ein Labor, in dem er ungestört experimentieren und seine Kristalle züchten kann. Er findet die Kellerräume sehr praktisch und macht Friedhalm ein überraschendes Angebot.

Ganz offensichtlich ist bei Zussi und ihrem Mann der Wohlstand eingezogen. In regelmäßigen Abständen erhalten sie Post aus der Plantage des Securitators. Dabei handelt es sich um exotische Pflanzenblätter, Früchte und Sämereien, die von sachkundigen Händen zusammengestellt worden sind. Den ausgewählten Pflanzenteilen haften sogar Zertifikate an, wonach sie allesamt biologischen Ursprungs sind. Mit diesen Blättern legen die beiden nicht, wie man erwarten sollte, etwa ein eigenes Herbarium an. Nein, sie teilen die Früchte der Natur zunächst mit ihren Freunden und Bekannten in geselliger Runde. Auch Friedhalm, Löwenlieschen und die Prekedevics sind dazu eingeladen.

Zussi versteht sich auf Hausmannskost ebenso wie auf ziemlich raffinierte Varianten der Zubereitung dieser fremdländischen Pflanzen. Bald macht sie mit Löwenlieschen gemeinsame Sache und es entsteht dabei ein leckerer Salat oder eine himmlische Nachspeise.

Drittens.
Immer öfter kommt Speedy mit leuchtenden Augen aus dem Keller. Das Züchten von Kristallen will ihm noch nicht ganz gelingen. Ein ums andere Mal bringt er ein selbstgebrautes Getränk mit und lässt es die Runde verkosten, die dabei sichtlich fröhlicher wird. Zum Abschluss rauchen alle zusammen eine Mischung von getrockneten Kräutern aus einer kleinen Pfeife.
Damit sieht die Welt zusehends schöner aus. In diesen glücklichen Augenblicken kann Löwenlieschen so bezwingend lächeln, dass niemand mehr an ihr fehlendes Eckzähnchen denkt. Daneben entspannt sich Friedhalms mächtiger Oberkörper und seine Augen hängen voll Sehnsucht an Zussis Fingerspitzen, die, seit sie nicht mehr putzen gehen muss, wieder von zarten Hautschichten bedeckt sind.
Dem Professor bekommt diese Art von Zusatznahrung besonders gut. An heiteren Tagen wie diesen gerät er in Höchstform und schreibt statt der täglichen Seite glatt das

doppelte oder dreifache Quantum. Seine Frau Luise stupst ihren Friedhalm an, denn sie kann es kaum erwarten, bis die Nebeln auch für die Letzten der Tischgesellschaft aufgezogen sind. Hinter diesen nötigt sie ihn zu Dingen, die er laut lachend gleich wieder vergisst.

Löwenlieschen und Zussi haben mitsammen einen regen Handel begonnen. Neben Knoblauch und Bohnen sind mit den Jahreszeiten aus den exotischen Sämereien einige Gewächse hervorgegangen, die im Sommer auf dem angereicherten Boden besonders gut gedeihen. Die Erlöse aus ihren Verkäufen hat Löwenlieschen in ein Gewächshaus investiert, in dem sie vom Frühjahr bis spät in den Herbst ihre eigene Ernte einfahren kann.

Viertens.

Manchmal erklingt Friedhalms tiefe Stimme aus einer gut geschützten Stelle hinter dem stacheligen Gestrüpp. Dort hat er mit der bloßen Kraft seiner Arme Betonblöcke ausgehoben und aufgeschlichtet, damit sie von der Sonne besser angewärmt werden. Ein paar Decken und Polster sind schnell ausgebreitet und schon lässt sich mit dem Professor ein anregendes Schwätzchen halten.

Friedhalm faltet die Zeitung jüngeren Datums zusammen, die er vor einigen Tagen in einen Papierkorb gefunden hat. Mit großem Interesse hat er die Reportage über die

Int.PlützAG nachgelesen, die am Rio Gosso
nunmehr eines ihrer Vorzeige-Werke betreibt.
Dieses wird aus mehreren internationalen
Fördertöpfen gespeist und verhilft vielen
Familien in der Region zu Arbeit und Wohlstand. Die abgebildeten Fotos hatte er sofort
erkannt. Die Aufnahmen der Anlage waren
vor mehr als 20 Jahren in seinem Auftrag
von einen Industriefotografen angefertigt
worden. Es war also gut möglich, dass der
Berichterstatter seinen Schreibtisch beim
Abfassen des Berichtes gar nicht verlassen
hatte müssen.
Dann blickt er in den wolkenlosen Himmel.
Seine Augen folgen einem glitzernden Pünkt-
chen, das in großer Höhe vorüberzieht und
einen Kondensstreifen hinter sich lässt. Vielleicht saß da oben Agnes in der Kabine, die
Augen geschlossen, ein wenig angespannt,
während sie ihrem nächsten Termin entge-
genflog.
Er muss sich räuspern. Dann sinniert er laut
vor sich hin.
Die Flugzeuge fliegen jetzt leiser, sicherer
und billiger. Auch die Schiffe sind größer und
schneller geworden, die Autos breiter und
stärker. Wir haben die Welt ein gutes Stück
nach vorne gebracht. Denn rund um den
Globus wird gearbeitet, gehandelt und getauscht, in Mengen, wie nie zuvor. Das alles
geschieht im Namen des Weltgesetzes vom
Kostenfaktor. Sie können zufrieden sein, Professor.

Ich möchte Ihnen gerne zustimmen. Aber was ist das Ziel unser aller Bemühungen?
Das Ziel ist der Fortschritt.
Erklären Sie ihn mir doch genauer.
Er ist notwendig. Die Welt kann nicht still stehen. Es ist unser Schicksal.
Sie suchen nach etwas Unerreichbarem. Etwas, das es im engeren Sinne vielleicht gar nicht gibt.
Na, hören Sie! Selbst in den widrigsten Situationen ist mir gelungen, ein bisschen mehr herauszuholen, oder zu optimieren und sei es nur im allerkleinsten Ausmaß. Ich selbst bin also der beste Beweis für Ihre These.
Erlauben Sie mir, dass ich skeptisch bleibe.
Aber Professor! Was hält denn die Welt zusammen? Es ist der Kostenfaktor!
Was ist das? Eine fixe Größe? Ist er greifbar? Hat ihn jemals wer definiert? Sie vergessen dabei auf das Wichtigste, auf den Menschen.
Eben nicht! Es sind ihrer zu viele auf der Welt. Deswegen müssen sie geordnet werden. Genau das erreichen Sie über den Kostenfaktor.
Aber wie sieht eine Welt aus, in der nichts anderes als der Kostenfaktor zählt?
Es ist ein höchst vernünftiges Leben, in dem sich die Kräfte ungehindert bündeln können.
Was ist mit dem menschlichen Geist?
Seine ganze Nützlichkeit erweist sich doch erst im Kostenfaktor!
Und die Sympathie, die Freundschaft, die Liebe, der Glaube, die Hoffnung?

Professor, Sie reden von Gefühlen! In der Geisteswelt der Wissenschaft ist für Romantik kein Platz. Mit dem Kostenfaktor lässt sich unser Leben schlagartig verbessern. Der Beweis für die Richtigkeit Ihrer Theorie ist längst erbracht.

Ich kann Ihnen noch nicht glauben. Wagen wir mitsammen einen Selbstversuch: wir lachen gemeinsam dem Menschen entgegen, der uns als Nächster des Weges entgegenkommt und den wir nie zuvor gesehen haben.

Hören Sie, ich bin ja nicht auf den Kopf gefallen.

Sehen Sie. Wir fürchten das Unbekannte mehr als die Pest.

Wie soll ich das verstehen?

Wem gelingt es, sich über das Fremde, das Neue und Unerwartete zu freuen? Ich kenne niemanden mehr. Die Wahrheit ist, wir stecken fest. Und jetzt frage ich Sie: Warum? Sind es Vorurteile? Sind es Gefühle? Ist es etwa wissenschaftliche Erkenntnis? Wir leben, als hätten wir keine Möglichkeit, zu wählen.

Aber ich bitte Sie, Herr Professor! Wir waren noch nie so frei wie jetzt!

Deshalb oder trotzdem sollten wir umdenken.

Meinetwegen denken Sie um, ruft Friedhalm ungeduldig, ich bleibe bei meiner Überzeugung und glauben Sie mir, ich habe meinen Spaß dabei.

Fünftens.

Das klingt recht selbstzufrieden aus seinem Munde, aber Friedhalm hat sich nach wie vor mit Leib und Seele dem Kostenfaktor verschrieben. Er lässt die Postwurfsendungen vom Vortag auf Sonderangebote hin auswerten. Eine Schar von freien Mitarbeitern mit schiefen Mützen, löchrigen Handschuhen und großen Plastiksäcken steht jederzeit bereit, um auf eigene Rechnung die gewünschte Ware zu beschaffen. Die Leute wohnen allesamt in der näheren Umgebung und werden nach dem Schneeballsystem verständigt.

An einer windgeschützten Stelle unter einem intakten Vordach auf einer Rampe hat Friedhalm sein kleines Depot angelegt. Jedermann kann sich hier gegen einen angemessenen Preisaufschlag aus den vorhandenen Angeboten eindecken. Es findet sich genügend Kundschaft ein, denn auf seiner Preisliste sind trotz Provision die Kosten um zwanzig Prozent niedriger als anderswo. Friedhalms nach außen wiegender Gang, der von seinen fehlenden Zehenstücken herrührt, wird ihm zwar für immer erhalten bleiben, aber es besteht kein Zweifel, dass hier einer im Begriffe ist, sich auf der Straße des Erfolges einzuordnen.

Nachbetrachtung

Die Int.Plütz AG hat sich von den vergangenen Turbulenzen gut erholt. Ihr weitverzweig-
tes Produktions- und Absatzgebiet liegt nach
wie vor in Atlantien. Sie verfügt über eine
erhebliche Anzahl einträglicher Patentrechte
und besteht neben verschiedenen Geldgebern
in ihrem Kern aus drei Personen. Es sind
dies Flimm, Agnes und neuerdings der
Securitator. Die Produktionsleistungen werden von einer Kette aus Subfirmen zuge-
kauft, über die eine Schar von Rechtsanwälten ihr wachsames Auge hält.
Sogar hierzulande ist der große Firmenname
nicht ganz in Vergessenheit geraten. Es gibt
Gerüchte, es bestünde sogar eine Chance, die
Produktion an ihrem angestammten Ort wieder zu beleben.
Der Bürgermeister soll in dieser Angelegenheit bei der Regierung vorstellig gewesen
sein. Diese habe sieben Jahre Steuerfreiheit,
einen nicht rückzahlbaren Investitionskredit
und die Befreiung der Arbeitnehmer von jeg-
lichem Kollektivvertrag in Aussicht gestellt.
Es ist also gut möglich, dass von den hier
beschriebenen Orten eine neue Gründerzeit
ihren Ausgang nimmt, die einer zukünftigen
Generation heute noch unvorstellbare Le-
bensperspektiven zu bescheren mag.

Christa Nebenführ, danke!